揭祕
金瓶梅

房文齋 著

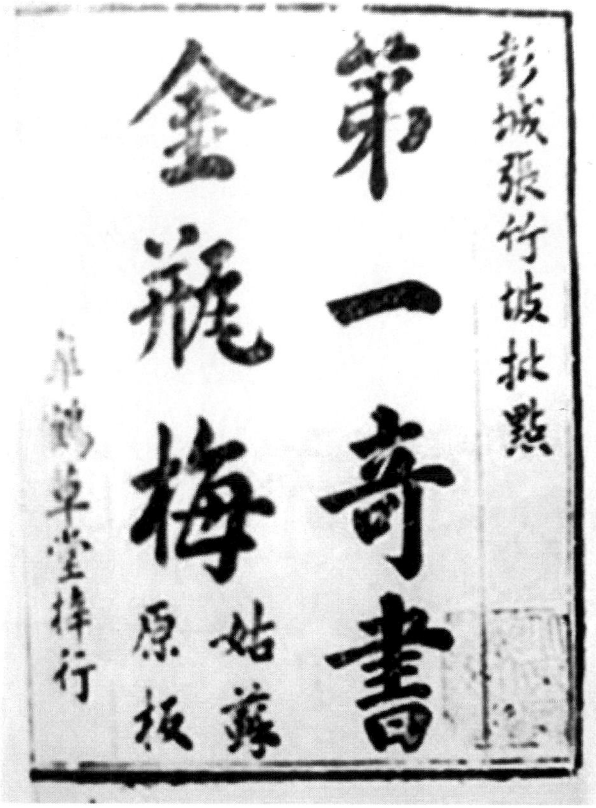
彭城張竹坡批點
第一奇書
姑蘇
金瓶梅
原板
皋鶴草堂梓行

《第一奇書　金瓶梅》書影

（父）丁惟寧　畫像

（祖）丁純　畫像

丁氏三代化鶴圖

（子）丁耀亢 畫像

仰止坊楹聯

位於山東省五蓮縣九仙山的仰止坊

仰止坊後面的丁公祠

丁公祠匾額

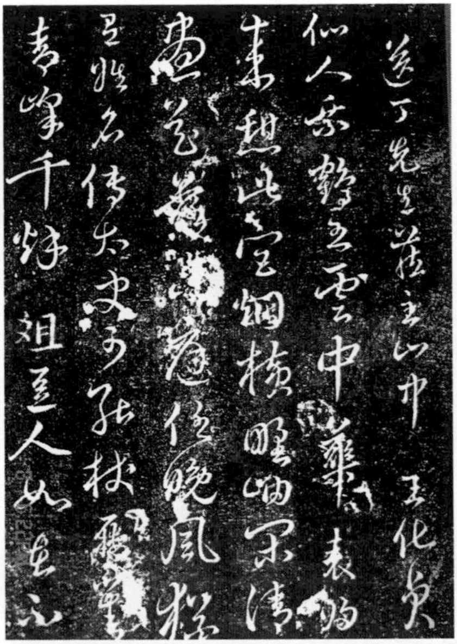

丁公石祠四壁碑刻，上有王化貞題詩：「仙人乘鶴五雲中」等句。

丁公石祠四壁碑刻，上有海上後學喬師稷題詩：「華表不歸丁令鶴」等句。

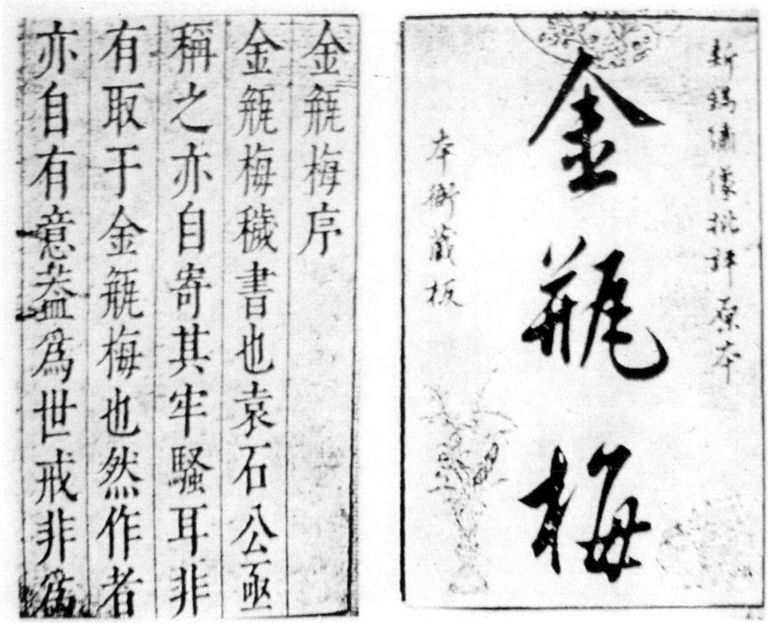
新鐫繡像批評原本
金甁梅
本衙藏板

金甁梅序
金甁梅穢書也袁石公亟
稱之亦自寄其牢騷耳非
有取于金甁梅也然作者
亦自有意蓋為世戒非為

《金瓶梅》書影

作者房文齋（筆名：魯鈍）著作《仰止坊——蘭陵笑笑生軼事》書影。
（中國國際廣播出版社出版）

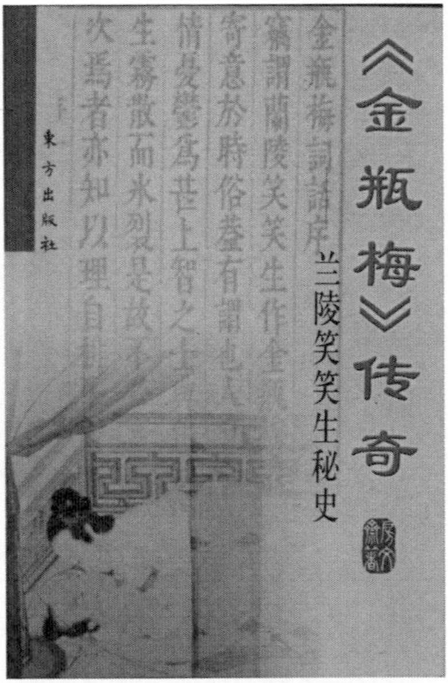

作者房文齋著作《金瓶梅傳奇——蘭陵笑笑生秘史》書影。（東方出版社出版）

序

雖然早在十五歲，筆者就讀過一本殘缺不全的《金瓶梅》，後來又先後拜讀了幾種「潔本」和「足本」。對蘭陵笑笑生的廣博學識、深邃觀察和搖曳妙筆深深折服。但從來沒有想到要成為一名研究者，更沒有想到要為奇書的作者立傳，寫一部傳記體長篇小說《仰止坊——蘭陵笑笑生秘史》。

上世紀末，為了逃避城市的喧囂，躲進風光旖旎的五蓮縣九仙山讀書寫作。恰巧，與隱居地毗鄰的，就有《金瓶梅》作者的祠堂。小小年紀便拜讀過《金瓶梅》，現在又與它的作者的遺址毗鄰而居，不能不說是一種緣分。於是，借助近水樓臺之利，開始關注《金瓶梅》。對於它的作者蘭陵笑笑生到底為誰？蘭陵在什麼地方？作品問世的經歷是怎樣的？它的思想意義是什麼？藝術成就應該如何評價等等，都引起本人極大的興趣。於是，放下別的寫作計劃，全力投入探索研究。積十餘年之工，取得了意外的收穫。奉獻在讀者面前的這本小冊子，就是十年面壁，孤燈敲鍵，不憚跋涉的一個總結。

誕生於明代萬曆年間的長篇小說《金瓶梅》，是我國第一部文人創作的藝術傑構。全書八十回，故事生動，人物鮮活，「描摹世態，盡見炎涼」。作品以西門慶官商勾結的發跡史和驕奢荒淫、橫行鄉里的人生軌跡為中心線索，對於明王朝的官場齷齪，社會習俗，家庭倫理，市井風尚，底層人民的生活，都作了逼真而傳神的刻畫。

學界公認，《金瓶梅》對後世文學影響巨大。《儒林外史》、《聊齋志異》、《紅樓夢》等巨著，都有著明顯的師法痕跡。明末著名文學家馮夢龍將她與《三國演義》、《水滸傳》、《西遊記》一起，譽為「四大奇書」。清代文學評論家張竹坡，更把她尊為奇書之冠——「第一奇書」。

《金瓶梅》同樣蜚聲海外。美國學者梅托爾說：「中國的《金瓶梅》和《紅樓夢》二書，描寫範圍之廣，情節之複雜，人物刻畫之細緻入微，均可與西方最偉大的小說相媲美。」美國哈佛大學特級教授斯蒂芬·歐文寫道：「在十六世紀的世界文學裏，沒有一部小說像《金瓶梅》。它的質量可以與塞萬提斯的《唐吉訶德》或者紫式部的《源氏物語》相比。但那些小說，沒有一部像《金瓶梅》這樣，具有現實意義上的人情味。」對於一部書作出如此高的評價，絕不是一個「奇」字所能概括的。

惜乎，如此蜚聲海內外的驚世傑作，四百年間，竟然不知作者「蘭陵笑笑生」的真實身份。神龍潛蹤，煙籠霧罩，紛爭不斷，莫衷一是。先後提出的「候選人」竟達幾十人之多。長達四百年，成為文學史上的「哥德巴赫猜想」。

模糊釀成分歧，盛名誘惑爭搶。於是，猜測之聲不絕，為地方貼金，搶奪名人的鬧劇，此起彼伏。近些年，許多名人都成了「客家人」，有的「祖籍」竟有兩三處之多。對於「蘭陵笑笑生」的爭奪，同樣越演越烈。在旅遊利益的驅動下，某處有個叫「蘭陵」地方，立刻就成了作者的「籍貫」。有了籍貫，便有了爭搶名人的資本。如當地再有位明代萬曆年間的進士，更是非其地莫屬。

被大詩人李白譽為「蘭陵美酒鬱金香，玉碗盛來琥珀光」的蘭陵美酒，其出產地山東嶧縣蘭陵，理所當然地成了笑笑生的「籍貫」。毗鄰而居的蒼山縣，因為轄區內也有個叫蘭陵的地方，便當仁不讓，兩家爭得不可開交。有的地方竟然猜起了字謎。浙江的蕭山縣，萬曆年間出了位蕭進士，蕭（笑）山縣的蕭（笑）進士，不就是「笑笑生」嗎？同樣站出來爭搶。《金瓶梅》中，有的故事發生地在山東臨清，自然也抬出一位大進士，充當《金瓶梅》的作者。接連召開《金瓶梅》學術研討會，以證明其事實確鑿。徐州同樣考證出有著《金瓶梅》的街巷，彷彿也有了爭搶的資格。他們分明忘記了《金瓶梅》是截取《水滸傳》的一段故事敷衍而成。那些地方，早在《水滸傳》裏就寫過。那，施耐庵豈不也成了臨清人？或者徐州人？真是橫接豎聯，牽強附會，你爭我奪，不一而足。

更加離奇的是安徽一位姓潘的奇人。這位煤炭公司退休的小職員，本事端的了得。不僅考證出了《金瓶梅》的作者是汪道昆，而且文學人物西門慶的「故里」，斷定就在徽州的西溪南村，西門慶的原型，乃是大鹽商吳天行。文學作品「《金瓶梅》遺址公園」也同樣宛在。於是，十年前即投資兩千萬，認真修繕西門慶故居，堂而皇之地向遊人開放。一時間，人流如潮，名聲大噪。許多報刊推波助瀾，堂堂中央電視臺專題採訪。筆者有幸親眼目睹了那位著名潘「奇人」的風采。他不僅把奇書《金瓶梅》就誕生在他的家鄉徽州，說得跟真的一樣，而且指著所謂「遺址公園」的一個小小的假山，言之鑿鑿，大講那就是西門慶與春梅做愛的「藏春塢」。而潘金蓮大鬧葡萄架的準確位置，他也能具體指出。不僅奇之又奇，簡直神乎其神。而徽州官方對這位奇人如獲至寶，緊鑼密鼓，連年開發。惜乎，癡人說夢的開發鬧劇如火如荼，無知、荒唐等口誅筆伐之聲接踵而至。騙子的戲法很快被戳穿，當地政府來了個此地無銀三百兩。也是在電視上，一位西服革履的官員，毫不臉紅地辯解說，開發《金瓶梅》遺址，乃是投資商的操作，與政府毫無關係。這年頭，有了投資者的鈔票，掌權者的指揮棒願意指向哪裡就是哪裏。什麼歷史、科學，多離譜的事都能幹出來，多麼厚臉皮的話都能說出來。

所幸，銅臭不能玷污純潔的靈魂，謬說難以阻擋嚴肅學者們的探索腳步。上世紀末，有人提出丁惟寧說。觀點雖然不乏震撼，但有一個重大問題沒有回答。《金瓶梅》第一百回，突兀地出現了兩句詩：「三降塵寰人不識，倏然飛過岱東峰。」——《續金瓶梅》第六十二回，同樣突兀地插入一個丁令威三次轉世的故事。兩相映照，內中分明暗藏玄機。

這「玄機」是什麼呢？引起了我極大的興趣，決心一探究竟。正在這時，看到丁其偉、金亮鵬先生的文章，明確提出三代寫書的論點。與本人久蓄於心的疑點，不謀而合。於是，更加堅定了探索的信心。經過對歷史資料，以及九仙山丁公祠碑刻的反覆勘察探究，終於獲得了大量寶貴證據。不僅探明「三降塵寰」的仙鶴，乃是丁純、丁惟寧和丁耀亢祖孫三代人。而且他們的意願和遭際，在丁公祠碑刻中也發現了大量不為人注意的證據。原來，不朽傑作《金瓶梅》，乃是丁純開筆，丁惟寧完篇，丁耀亢加以訂正後，到蘇州鐫版印刷的。丁耀亢後來又寫了一部《續金瓶梅》，為被誣為「穢書」的家傳遺書辯誣。至此，笑笑生的廬山真面目，已經趨於清晰。

但他的籍貫——蘭陵，仍然是橫在前進道路上的攔路虎。筆者多方踏訪無結果，一位當地文友告訴了一個重要信息：丁公祠迤後、匡山下的胡林村，有一個地方叫「蘭陵口子」。有「蘭陵」才會有口子。無異於黑暗中看到了光明。筆者探索的目光立即集中到匡山一帶。一次次扶杖勘察，一遍遍訪問鄉民。直到召開老農座談會，得到他們的共同認定。原來，該村所在地古代就叫「蘭陵峪」，深峪北口叫「蘭陵口子」，東側的匡山之巔，叫「蘭陵頂子」。至此，笑笑生的「籍貫」之謎，徹底破解。後來，筆者進一步發現了丁耀亢的一篇文章：〈峪園記〉，詳細記載了他家在蘭陵峪裏曾有一處「峪園」。他幼年曾在那裏生活過。那正是丁惟寧寫「家傳遺書」的時間。顯然，丁惟寧把此處視為「籍貫」，順理成章。至此，蘭陵笑笑生之謎全部解開。

隨著探索的深入，筆者先後寫成了〈金瓶梅作者考〉、〈發現蘭陵〉、〈蘭陵笑笑生密碼〉、〈丁公祠碑刻揭秘〉、〈明清文字獄的實證〉、〈丁耀亢對金瓶梅的貢獻〉等揭示笑笑生身世的文章。先後在《光明日報》、《神州》等報刊發表。美國華文報紙《僑報》等海外報刊，也先後轉載。

弄清了蘭陵笑笑生的方方面面，作為一名長篇小說寫手，不免技癢。又寫了一部傳記體長篇小說《仰止坊——蘭陵笑笑生軼事》。不久，修訂本《金瓶梅傳奇》又在北京東方出版社問世，發行海內外，影響越來越大。此後，筆者轉入對文本的研究，寫了探討傑作思想意義，藝術成就的文章，並專文為奇書辯誣。現在一同結集，與同好商討。

值得一提的是，上述文章和小說發表後，始終沒有看到一篇反駁的文章，贊同的聲音倒是聽到不少。有人認為「丁氏著書說，言之成理，證據確鑿，四百年文學史疑案終於破解。」筆者曾將自己的文章，寄給原中國《金瓶梅》學會黃、王、張等三位正副會長，他們或者表示認同，或者沉默不語，有一位甚至說，「再不研究那個課題了」。無可奈何花落去，這是對自家原學說立不住腳的沉默。沉默無異於認同。難怪，這些金學名家，再也沒有一個人願意站出來，為《金瓶梅》研究會繼續辦理註冊。偌大中國，堂堂《金瓶梅》，現在竟然沒有一個國家級的學術團體。

當這本小冊子奉獻在讀者面前時，我這個半路出家的研究者，長舒一口氣。十年拼搏，所謂成就，不過如此。但可以負責任地說一句，對《金瓶梅》作者的探討和挖掘，雖然不敢說已經窮盡，卻達到了相當的深度。對仰止坊和丁公祠碑刻在反映文字獄等方面的解讀，同樣比較透徹。之所以將與丁公祠相鄰的「白鶴樓」和「流杯亭」等遺址的考證文章一併收入，是因為，這些著名的歷史遺跡，與《金瓶梅》作者，奇書的寫作，都有著不可分割的聯繫。

本人枉度耄耋，但對偉大的《金瓶梅》的研究，仍然是一個新手。偏頗與失誤恐怕難免，尚希方家同好不吝指謬。是為序。

CONTENTS

CONTENTS

楔子　結緣《金瓶梅》

緣分是一種不期而至的降臨，一次幸福的歆享或擁有。本人與《金瓶梅》的相識及獲得，以及對它閱讀、研究和以之為題材進行創作，可以說，完全來自於緣分。

一

這是一件整整過去了六十年的往事。

一九四七年，國軍重點進攻山東，我的家鄉即墨縣，出現割據狀態。旗幟屢屢變色，村民自動分成三大陣營：擁護共產黨的積極分子，緊跟轉移的地方政權北撤，受到過新政權政治經濟傷害的，則尾隨還鄉團南去；百分之七八十的村民，依然留在家鄉做牆頭草，聽憑兩方面的驅使。就在這時，鑒於學員大部分是未成年人，我所在的齊魯大隊（山東省政府番號）電訓班，只得疏散隱蔽。學員們流著淚各奔東西。我返回家鄉後，跟隨地方幹部，東躲西藏了好幾個月，終於等來「國軍」潰退，政權恢復。

一天，我偶爾路過本村一個遠房本家門前，瞥見大門洞開，院子裏狼藉著盆盆罐罐，破衣爛衫，以及若干殘缺不全的書本。既像是遭到強盜的洗劫，又像被掃地出門的地主。但這戶人家充其量是上中農，不知為什麼也成了「南逃戶」？出於讀書人的本能，我站在大門口，仔細打量地上散布的破爛書籍。可是，不論是線裝書還是洋書，缺七少八，沒有一本值得彎腰拾起。正準備轉身離去，忽見門檻底下有一本線裝書尚完整，雖然封面、扉頁和目錄全無，但第一回仍然宛在。我彎腰撿起來，邊走邊讀。

原來，書裏寫的是西門慶與潘金蓮勾搭成姦的故事。這故事，我八九歲的時候，就在《水滸傳》上讀過，並且曾經繪聲繪色說故事給鄉鄰聽。可是再往下讀，卻發現與《水滸傳》大異其趣。其中有兩段，竟是惟妙惟肖地描繪男女的生殖器。我彷彿記得，《水滸傳》第一回是「王教頭私走延安府，九紋龍大鬧施家村」，這書的第一回卻是：「西門慶熱結十兄弟，武二郎冷遇親兄嫂。」一直到快將整冊書看完了，仍然弄不明白是本什麼書。

恰巧，我的一位本族叔父來我家借農具，我立即向他請教。這位高個子本家，念過不少詩云子曰，寫得一手好毛筆字。年輕時，曾在區公所幹過文書。因為有些口吃，只幹了半年就被辭退了，但在閉塞的農村，算得是經多見廣的明白人。

「叔父，您看，這是本什麼書？」我恭敬地將那本木板線裝殘書遞到他的手上。

叔父接過書，只瞥了書前的回目一眼，便驚訝地反問：「你，你，你是從，從哪兒……搗，搗鼓來的？」

「撿的。」

「在哪兒撿，撿的？」

我把得書的經過告訴了他，然後問道：「叔父，這書很像《水滸傳》，但又不一樣。莫非有兩種《水滸傳》？」

叔父頭一扭，神色嚴肅地答道：「什麼《水滸傳》！這是一，一冊，《金瓶梅》！全書是兩，兩函，總共，十……十六冊。知道嗎？」

「怪不得，我覺得不像一種書呢。」

「瞎胡鬧——這書，年，年輕人，怎麼能……能看！」

「為什麼？」

「這是淫書。懂嗎？要不，自打明，明朝，就遭禁？」叔父搖著手中的書，逼視著問：

「這，這一冊，你，你看……看完了沒有呀？」

「我，剛要看呢。」我撒了謊。其實，已經快讀完了。

「還，還好。」叔父長舒一口氣，回身向我父親說道：「六哥，你不識字，情，情有可原。這是禁，禁書。怎麼能讓孩子看呢？」

「不是說，開卷有益嗎？」父親茫然地問。

「那要……要看是什麼書。這書，看了，要學，學下道的。我先給他收，收起來，等他長大了，再還……還給他。」

「好，好。」父親忙不迭地答應。「我哪裡知道什麼好書壞書呀。你快拿走！」

就這樣，一部書讀了不到十六分之一，剛剛知道了它的名字，便被沒收了。早知如此，我不會向這位明白人請教。我既惋惜又不平。

望著叔父遠去的背影，心裏仍然不住地嘀咕：不就是寫了些呼朋喚友，家長里短，以及男人女人之間的事情嗎？就那麼好怕嗎？

我知道，叔父不會將一本殘書認真保存，等待我長大還給我。這事也就拋在腦後。後來聽說，十年浩劫期間，從叔父家抄出來的「四舊」最多。加之他幹過半年國民黨的區文書，是名副其實的「國民黨殘渣餘孽」，自然是在劫難逃。他被戴上高帽子遊街的時候，脖子上掛著一捆古書，聽說其中就有一冊最為反動的《金瓶梅》。遊街時，他不肯呼喊辱罵自己的口號，被「關門打狗」。但狡猾抵賴，不肯認罪。結果，從黑屋子裏爬出來時，渾身血肉模糊。

想不到，一冊殘破的《金瓶梅》，竟成了叔父受難的重要罪證之一！與「邪書」的第一次相識，給我留下的只是恐怖的記憶。

不料，整整十年後，與它又有了第二次接觸。

二

二十五歲那年，我讀大學一年級。一天，同宿舍的一位同學從圖書館借回一套書，共計八冊，銅板雙面印刷。我一看是《金瓶梅》不由驚呼：「此書萬不可讀！」同學驚問原因，我簡單介紹了十年前被本家叔父沒收「邪書」的經過。不料，這更激起了同學們的興趣。不僅本宿舍的人爭相傳閱，外宿舍的人也來爭搶。管他第幾冊，搶到哪本算哪本，一套書八個人同時閱讀，然後互相交換。我也搶到了一本——第三冊。翻開一看，有許多文字都以方框代替，並且注明刪去多少字。儘管性描寫最為露骨的地方，已經被「框」了去。但殘餘的部分，仍可看出一些端倪。對於年輕人來說，自然是耳目一新，興趣盎然。一時間，爭閱《金瓶梅》，成了班上的一道風景線。不論課餘還是課堂上。只要有人坐到角落裏，雙手捧書，低頭閱讀，不用問，一定是在閱讀《金瓶梅》。晚上九點熄燈後，有人甚至跑到廁所裏，站到微弱的燈光下，久久飽覽。

兩週的還書時間轉眼到了。借書人立刻去續借，卻被告之以「有老師預約」。後來得知，班上的讀《金》熱，被支部書記彙報給了系總支，來自延安的章總支書記，認為事態嚴重，立即通知圖書館，不准再借書給我們班。結果，沒有一個人從頭至尾看完全書，充其量，看了二分之一。

就在這時，一位講文學史的年輕教師，剛講到唐代文學，突然在課堂上對產生於明代的《金瓶梅》，進行了嚴厲的批評。說什麼，蘭陵笑笑生雖然不無才氣，有一定的文字功力，對社會生活也有著某些揭露，但由於階級立場的局限，不但對萬惡的舊社會沒有絲毫的批判，而且充滿自然主義的描寫。作者思想靡爛，趣味低級，謬種流傳，為害非淺！身為新時代的革命青年，喜歡那樣的東西，是覺悟不高、嗅覺不靈的表現！看得多了，遭其毒害在所難免！他甚至認為圖書館公開借閱此書，是「館方的失職」。

就這樣，看了《金瓶梅》的同學，個個像犯了罪。誰也不再提起此事。本人不連貫地讀了約四分之一，自然也成了「覺悟不高」的誤入歧途者。

三

第三次與《金瓶梅》不期而遇，又過去了整整三十年。十年浩劫結束，四害被除，撥亂反正，許多禁書相繼出版。上世紀八十年代初，我在大學裏教文學，一位朋友主動託人替我買到了一部《金瓶梅》。這是山東齊魯書社的新版，厚厚的兩冊，印刷十分精美，價格也不菲，卻仍然是刪節過的「潔本」。較之在大學讀過的解放前的銅版本，更加潔淨。看來，出版社仍然懷著崇高的社會淨化責任。摩挲著厚厚的新書，不由心存遺憾。人已半百，能窺全豹，諒不會被引入邪途，如此謹小慎微，大可不必。聽說北京出過全本，但只供高級幹部閱讀。看來，除了「高級幹部」，普通人統統沒有讀《金瓶梅》的覺悟和免疫力！

那就老老實實地讀「潔本」吧。

通讀之後，對高才卓識的笑笑生，不由肅然起敬。想不到，被歷朝歷代視為蛇蠍瘟疫的禁書，竟然是不可多得的大手筆。明代社會形形色色的人生百相，官場黑暗，社會瘡痍，被展示得細微深刻，入木三分。人物性格鮮活生動，語言樸實傳神。尤其是大量的魯東南一帶的方言土語，更如聆聽鄉親們說身邊事，使人倍感親切。就反映社會現實之細微逼真而言，《三國演義》、《水滸傳》、《西遊記》等才子書，均難望其項背。難怪被清代著名文學批評家張竹坡譽為「第一奇書」。

正所謂「踏破鐵鞋無覓處，得來全不費工夫」。通讀過潔本不久，還是那位幫忙的朋友，悄悄告訴說，他還能買到未經刪節的「足本」。但有兩個附加條件：一，必須是與文學研究有關的正教授；二，妥為保存，不得借給外人看。第一條自己符合，第二條不難做到。可能因為奇貨可居的緣故，書價高得嚇人，要花去半個多月的工資，比潔本竟高出四五倍之多，是我生平所買的最貴的一部書。但為了一窺名作的全璧，顧不得許多，好在衣食無虞，無非涎著臉多向內當家懇求幾句。後來發現，刪去的，總共不過一萬多字——好值錢的「猥褻」文字！

從頭至尾認真再讀一遍。雖然部分內容有渲染過度之憾，但並不都是贅筆。為了使人物性格更加鮮活凸顯，場景更加傳神逼真，不得不涉筆點染。我與為長篇小說《仰止坊》寫序的陳昌本部長有相同的看法，今天我們看到的「足本」，那些過於詳瑣的描寫，很可能就是別人加入的。儘管有著這樣那樣的贅筆，卻不能以小眚掩大德。越讀，越感到這是一部不可多得的偉大傑作。內涵豐富，藝術高超。正如美國哈佛大學特級教授斯蒂芬•歐文所說：「在十六世紀的世界文學裏，沒有哪一部小說像《金瓶梅》。它的質量可以與塞萬提斯的《唐吉訶德》或者紫式部的《源氏物語》相比，但那些小說沒有一部像《金瓶梅》這樣，具有現代意義上的人情味。」在外國行家看來，《金瓶梅》不僅不是邪書，而且是一部超越許多世界文學傑作的高峰。

正是從讀了全本開始，我有一個設想，爾後有條件，可以將它作為一個研究課題。出乎意料的是，不久後的又一次奇遇，使我的初步設想變成了現實。

四

從青年時代起，即養成一個習慣：每到一個陌生的地方，首先要逛的必然是書店。一九八六年，我去萊陽探親。在新華書店無意中發現一本《金瓶梅資料彙錄》。我正苦於缺乏資料，毫不猶豫地將僅有的一本買了回來。這是黃山書社出版的一部《金瓶梅》研究文集，包括：淵源追蹤，版本考索，各種序跋，國內外評論，根據該書改編的戲曲俗文，以及對作品語言的研究等等。材料豐富，取捨精當，是一部難得的參考書。準備認真閱讀，以期對「第一奇書」有著更深入的理性領悟。

我沒有做一個文學理論家的奢望，自己所期望的研究，仍然側重在藝術技巧層面上：作品反映社會生活的手法，塑造人物的高超技巧，純熟而傳神的方言俗語等。自八十年代初開始，本人許多業餘時間主要是傾注在長篇小說創作上。深感，要想寫出一部多層次地再現社會生活，塑造形形色色的人物，讓他們恰如其分地演示各自的角色，實在是一件需要各方面豐厚的積累功夫，更需要向名家名作多方借鑒。我在熟讀作品的基礎上，參照搜集到的研究文章，進行理論上的審視，深感作品博大精深，是一座值得認真開掘的礦藏。

但是，做夢也沒有想到要寫研究文章，更沒有打算以蘭陵笑笑生創作《金瓶梅》艱難而曲折的歷程，作為一部長篇小說的題材。因為那無疑於是為群山繪影，大海造像。我只想從中撿拾一些自己創作的借鑒和營養。即為自己的創作開闊眼界，學習技巧而已。

可是，已經邁開的腳步，不但沒有停下，而且跋涉不止，越走越遠。一不小心，又有了一次奇異的邂逅，一次更加深入的結緣。

這緣分，與鍾靈奇秀的仙山幽谷分不開。八年前，為了尋覓理想的隱居地，我踏勘了膠東地區許多地方，最終相中的卻是煙雨澗頭的莊溝村。後來發生的一切，都是從這個原本十分閉塞的小山村開始的。不然，不會有後來的進一步研究，更不會有長篇傳記體小說《仰止坊》的問世。

五

隱居煙雨澗之後，不僅這裏的奇峰異岫，靈泉幽谷，使我愛賞尤加，對這裏的人文景觀，文物古蹟，更是十分關注。時時尋芳覓勝，頻頻攀崖撥藤。不斷將感受付之於文字，在大陸及臺灣發表。而位於丁家樓子村的丁公祠和仰止坊，更使我十分驚喜與震撼。這是五蓮九仙兩山唯一保存完整的歷史古蹟，歷經四百年歷史滄桑，至今完好無損，實在是一件奇蹟。因此常常登臨盤桓，研究牌坊及祠堂上留下的文字和碑碣，結合其他有關資料，對丁公的事蹟有了初步的瞭解。於是寫過一篇〈高山仰止丁公祠〉，在大陸和臺灣發表，對祠主人丁惟寧的道德學問，清正廉明的政績官聲，進行了熱情的介紹與讚頌。

但是，這篇文章隻字沒提丁惟寧創作《金瓶梅》的事。並非是因為忙於長篇創作，而是對這一重大問題，尚沒有確鑿的把握。儘管自上世紀九十年代就得知有丁惟寧說，二〇〇〇年全國金瓶梅學會在五蓮召開，就是對「丁說」的趨同，但因自己缺乏深入的研究，仍不敢輕易表態。

於是，我拿出更多的時間投入進一步的研究。蒼天不負有心人，經過幾年的努力，撥霧探秘，沙裏淘金，竟有了許多收穫。不僅對於丁惟寧說，深信不疑，而且有了進一步的開掘。勘明丁惟寧是在父親「遺書」的基礎上創作了《金瓶梅》。他的五子丁耀亢又進行了訂正補充，然後背到蘇州，請人鐫版印刷的。真正的「蘭陵笑笑生」應為祖孫三代人——「三代化鶴」的結晶。當然丁惟寧是主要的創作者。我把這個觀點寫成文章，二〇〇五年六月在《光明日報》上發表後，竟然引起強烈的反響。全國許多媒體轉載，認為「困擾學術界四百年的蘭陵笑笑生之謎可望由此揭開」。一時間，我這個初涉金學研究的力巴頭，竟然被謬稱為「金學專家」！

但，有一個關鍵問題不解決，要徹底破解笑笑生之謎，仍然有人固守在對立的陣地上不肯退步。這就是笑笑生的「籍貫」——蘭陵。經過幾年的努力，終於在九仙山胡林村所在地發現了它的蹤跡。這裏因生滿槲樹，俗稱槲林峪，古來就叫——蘭陵峪。鄉民至今稱它的東北口為「蘭陵口子」。

從丁惟寧說，到祖孫三代人對書稿都有所貢獻，再到蘭陵被發現，這是一個令全國學術界關注的「三級跳」。作為參入其事、又是一名長篇小說的寫作者，不僅是歡欣鼓舞，而且立即產生了將一系列的發現，即丁氏祖孫創作《金瓶梅》的艱苦歷程，用小說的形式再現的念頭。可是，這念頭剛剛產生，便遭到了自己的否定。因為，還要解決一系列創作實踐中的難題。

首先，作品的時間跨度太長。本人已經完成的八部長篇，時間跨度最短的《紅雪》，只有一年；四十八萬字的《鄭板橋》是六年；《辛棄疾》和《朱元璋》跨度較長，都是一生——六七十年。而《金瓶梅》既是祖孫三代人勞作的結晶，就必須從祖父丁純寫起，到丁耀亢晚年完成《續金瓶梅》，並由此遭受冤案，時間線長達一百多年。小說不同於論文，論文衍事行文，說清楚為止。小說則是通過故事「說問題」，時間一拖遝，勢必失去吸引人的緊湊快捷，給創作帶來極大的困難。

第二，小說不是說理文字，是通過說事件的發生過程，來展示生活，塑造人物。可是，除了丁耀亢的生平事蹟多一些以外，丁純父子的生平行狀都只有寥寥千把字。要為他們立傳，即創作一部集三個人於一體的傳記體小說，僅憑馳騁想像進行虛構，勢必弄成戲說。至少要有一些蛛絲馬跡發現，並且抓準事物發展變化的內在邏輯關係。這實在不是一件易事。

第三，笑笑生將自己的名字隱藏得如此嚴密，我們歷盡千辛萬苦才好不容易找到他的「真身」。他創作奇書的初衷和經過，同樣諱莫如深。是什麼樣的人生經歷觸發，使他產生寫一部奇書的初衷？寫作過程遇到了什麼樣的曲折困難？又是怎樣求人寫序的？奇書脫稿後經歷了什麼挫折方才付梓流傳的等等等等，都是小說創作不容忽略的重要過節。有時連續幾天，停筆踟躇，不是有「仙鶴託夢」（見《仰止坊》後記）的鼓勵，真想改弦易轍中道而輟。

第四，作品中主要人物的家庭生活，親友往還等，也是創作小說必不可少的素材。而這方面的材料同樣少得可憐。簡直就是無米可炊。作者魯鈍，名與實同——魯地一蠢夫也。缺乏的正是靈感紛至的智慧與汩汩奔湧的聰敏。希冀的靈感不肯光顧，頭昏腦脹常常揮之不去。除了多方搜尋線索，只能靠苦澀的推理，艱難的推敲，彌補翦陋的才氣，接續中斷的脈絡。個中甘苦，沒有經歷過的人是難以體會的。

儘管上述四大難題像四座大山橫在面前，我始終沒有停下攀登的腳步。懷著十分虔敬的心情，兢兢以求。歷時三載，終於殺青。創作的過程，就是與困難作鬥爭的過程。不消滅一個又一個攔路虎，四十三萬字的《仰止坊》，不可能付諸棗梨。

從十五歲偶遇《金瓶梅》，到全面反映奇書誕生過程的《仰止坊》問世，整整過去了六十個年頭。人生是短暫的，與奇書的結緣，竟長達一個甲子的輪迴，能說是緣分不深嗎？

隨著《揭祕金瓶梅》的問世，漫長的結緣，終於告一段落。說這是一件奇蹟，絲毫不是誇飾之詞。作為一個寫作者，欣喜之情是可以想見的。

「十丈彩綾繪白鶴」，展現在諸君面前的是一幅「三代化鶴」歷史長卷。限於資料和學術水平，一定還缺乏洞燭幽微的精細與透徹，敬希廣大讀者與專家，不吝指正。至於持不同觀點的異議甚而詰難，本人願意繼續與之探討。

二〇〇六年七月四日　於九仙山陰上溝村

丁氏功業　千秋仰止
——「三代化鶴」的來歷

在山東省五蓮縣被蘇東坡譽為「奇秀不減雁蕩」的九仙山之陽，有一座建於明代萬曆三十八年（一六一〇）的花崗岩石坊，坊額上鐫著「仰止坊」三個楷體大字。迤後三丈處，有一座全石結構的柱史丁公祠。歷經四個世紀的風雨兵燹，至今巍然屹立。祠主便是明代諸城進士丁惟寧（一五四二——一六一一）。

丁惟寧，字汝安，號少濱。明嘉靖四十四年（一五六五）進士。先授直隸清苑縣知縣，繼任四川道監察御史。萬曆十四年，督餉山西，授鄖襄兵備副使。他勤謹朝廷，關愛百姓，耿介強項，政績卓著，卻屢遭奸吏的攻訐誣陷，多次降黜，直到忿而辭官歸耕，正當盛年，隱居九仙山，在父親「遺書」的基礎上，苦心經營，終於完成了偉大的警世奇書《金瓶梅》。

丁惟寧的長子丁耀斗為父親立祠建坊，絕非偶然，而是為了頌揚緬懷他的高風亮節、學問政聲。

一

據史書記載，丁惟寧「遇事練敏，治行第一」。剛烈嚴正，不畏強禦。每到一地，興利除弊，造福一方。任御史期間，赴直隸巡視考察吏治，發現真定（今正定縣）白蓮教案，由於官吏冒功，株連甚多。他查偽辨奸，認真審理，使千餘蒙冤者無罪開釋。是時，張居正擅權，專橫跋扈，朝野上下無不逢迎，惟獨丁惟寧「無所稟受」。張居正懷恨在心，將其貶為外官——河南僉事。在這裏，他救災拯民，政績突出。繼而督餉陝西，他出奇制勝，順利完成了困難重重的差遣，受到朝廷嘉勉。任鄖襄兵備副使時，鄖襄巡撫李材強佔參將公署作書院，參將米萬春銜恨於心，指示部下圍困巡撫衙門，洶洶斥罵，兩日不散。李材躲藏得無影無蹤。丁惟寧挺身而出，陳述利害，勸諭鬧事兵勇。雖然險遭不測，最終使矛盾化解。不料，李材反口相噬，誣陷丁惟寧挑撥兵勇鬧事。上折彈劾，惟寧被貶為「施補鳳翔」。無端蒙冤，屈辱難忍，丁惟寧拂袖而歸，年僅四十歲。返鄉後，他芒鞋灌園、燈下寫書，度過了三十年林下生涯。

丁惟寧清廉節儉，厭惡奢靡，為官多年，兩袖清風。家中居住的草房，直到漏雨了，方才答應維修。長子耀斗想趁機將屋子改大一些，梁棟已經架起，他知道了，竟嚴命拆掉，恢復舊時規模。並厲聲告誡：「無示子孫侈也」。丁惟寧歸里時，僅有柴車一乘，除了圖書衣被，別無長物。回到諸城後，縣令對任過從四品御史的丁惟寧，每欲結納，卻屢吃閉門羹。舊部屬憐其放棄俸祿而歸。解銀八百兩登門相送，他敬謝不受。部署勸道：「此銀按例應屬大人，大人不受，則便宜了繼任者。」惟寧仍不為所動：「吾辭官而受祿，將何居？資新任者安置可也。」部屬無奈，只得將銀子原封帶回。丁家有西園，丁惟寧親自種韭數十畦，賣錢貼補家用。友人嘲笑道：「辭千金而力于圃，得無味多寡乎？」丁惟寧笑答道：「官銀非吾有，圃蔬自食其力！」在他的教誨下，他的夫人雖為「孺人」，仍然親率媳僕，日夜紡織不輟。家中雖無餘資，卻借貸五百金捐助縣衙，倡首修築縣城。

丁惟寧稱孝一方，鄉人無不敬仰。每逢父母忌辰，恭懸先人畫像，齋戒素衣，晨昏焚香跪拜，終生未改。他治家嚴謹，對晚輩教誨嚴謹，他以二十八宿為兒輩命名。「耀」為輩分，依次為：斗，昴，翼，箕，亢，心。本於《禮記》星回於天之意，期望後輩「隨天而行」。殷殷之情，溢於言表。他在山中即事詩中寫道：「兒童啻可紹先業，玄白何須擬解嘲。」在他的諄諄教誨下，兒孫多有成就。長子耀斗萬曆進士，五子耀亢學富五車是著名的詩人、戲劇家和《續金瓶梅》的作者。諸城丁氏自明末清初一直是諸城望族。而這望族的奠基者就是丁惟寧。

總之，一代廉吏丁惟寧，不僅道德學問、吏治政聲稱頌四方，他面壁十年嘔心瀝血創作的巨著《金瓶梅》，更是為中華文壇作出了不朽的貢獻。這一巨著，最終完成於九仙別墅，就是現在的丁公石祠旁。

二

《金瓶梅》是我國第一部文人創作，也是第一部以家庭倫理為題材的長篇傑構。全書一百回，八十餘萬字，主要人物一百多個。「描摹世態，見其炎涼」。以土豪惡霸西門慶的罪惡發跡和貪婪荒淫的一生為主線，上至朝廷權臣、地方官吏，下至娼妓蕩婦、市井無賴，都作了傳神的刻畫。許多人物，至今仍然活躍在我們的周圍。作品筆觸細膩，場面宏闊，宛如一部光怪陸離的社會世情長卷，生動地展現在讀者面前。

《金瓶梅》對後世文學創作影響巨大。對《聊齋志異》，《儒林外史》，《紅樓夢》等傑作，都產生過明顯的影響。明末著名文學家馮夢龍將它與《三國演義》、《西遊記》、《水滸傳》，並稱為「四大奇書」。清初著名文學評論家張竹坡更把它譽為奇書之冠——「第一奇書」。美國學者梅托兒更是讚美尤加：「中國的《金瓶梅》和《紅樓夢》二書，描寫範圍之廣，情節之複雜，人物刻畫之細緻入微，均可與西方最偉大的小說相媲美！」

不幸，四百年來，這部偉大的現實主義小說，一直被視為「淫書」，查禁銷毀，口誅筆伐，不一而足。它的作者即蘭陵笑笑生的身世，也像雲龍潛蹤一般，始終沒有露出廬山真面目，成了小說研究的「歌德巴赫猜想」。

中國傳統封建文化，視經史為圭臬，文學僅能附其驥尾。而文學又以詩文為正宗，小說和戲曲一直被視為「末流」。難怪，許多小說家對自己的真實姓名，幾乎都採取了「真事隱」的下策。明季一降，文網彌張，文字獄遍佈，一句話，甚至一個字，就可以掉腦袋甚而滅族，更使舞文弄墨者躲之猶恐不及。而比較直露地描寫了性行為，被道學先生罵為「淫書」的《金瓶梅》作者，自然更是諱莫如深。

為了弄清「蘭陵笑笑生」到底是何人，研究者殫精竭慮，個個使出看家本領，相繼推出「候選人」達五十名之多。其中，李開先，屠隆，賈三近，謝榛，湯顯祖，王稚登等，更是被人們看好。近幾年，又有人提出山東嶧縣的賈夢龍。去年，其緊鄰倉縣，又站出來爭搶《金瓶梅》的創作權。兩家的主要理由，無非作者是「大名士」，有充足的創作時間，書中的語言有大量魯東南方言，最後的殺手鐧便是他們那裏有「蘭陵」其地。殊不知，上述四條，丁惟寧不僅全占，而且另有他人永遠也拿不出的鐵證。

第一，《金瓶梅》最初手抄本的源頭在諸城。據學者考證，最初擁有手抄本的有王世貞，董其昌，王稚登，邱志充等。王世貞任過青州兵備道使，董其昌祖籍山東萊陽，二人都到諸城拜訪過丁惟寧，詩酒唱和成為摯友。王稚登更是丁惟寧的老朋友，丁公祠正堂碑刻「羲皇上人」就是他的大筆。邱志充則是丁惟寧的親戚和學生。他們的手抄本無不源自丁家。這是不爭的事實。

第二，《續金瓶梅》的作者「紫陽道人」，魯迅先生早已考定是諸城的丁耀亢。丁耀亢為什麼要為奇書作續卷？因為《金瓶梅》從問世的那一天起，就背上了誨淫誨盜的「淫書」罪名。丁耀亢是惟寧第五子，他為世人誤解父親的初衷，痛心疾首，立志創作一部續書，為父親的「勸世書」辯誣正名。於是，他讓原書中的人物重新登場，扮演善有善報，惡有惡報的角色，最終都逃脫不了因果輪迴，從而證明父親是懷著勸善警世的「十善菩薩心」，創作了他的傑作。

第三，在紫陽道人的《續金瓶梅》中，即該書第六十二回，在臨近收尾的地方，突然插入了一個丁令威三次轉世的故事：仙人丁令威在遼東華表莊化為仙鶴轉世。五百年後轉為西湖鍛鐵匠人，自稱丁野鶴，依然騎鶴飛升。又過了五百年，東海地方又出了一位丁野鶴，自稱紫陽道人。續書的最後還附上一幀「丁紫陽鶴化前身圖」，對三次轉世進行更加形象的圖解。《金瓶梅》第一百回，在全書終結處，同樣突兀地插入了兩句詩：「三降塵寰人不識，倏然飛過岱東峰。」「三降塵寰」和「三次轉世」分明是一個意思，而諸城就在「岱東峰」。兩書的「巧合」，並非偶然。這是丁耀亢深思熟慮後的春秋筆法。他根據《搜神記》中丁令威的故事，編造一個三次轉世的故事，離開故事主幹，突兀地插入正書和續書中，無非是要留給後人一個破解《金瓶梅》作者為誰的謎底。這謎底，就保存在九仙山丁公石祠碑刻中：常州徐升題詩：「令威翩翩一柱史，早薄榮名謝天子」；王化貞題詩：「仙人乘鶴五雲中，華表歸來息此宮」；海上後學喬師稷題詩：「華表不歸丁令鶴，東武空說九仙岩。」關中唐文煥題詩：「白鶴歸華表，青山做主人。」

柱史丁公祠的祀主，是曾經任過監察御史的丁惟寧。柱史是我國古代對御史的別稱。而三次轉世故事中的「紫陽道人」，是由遼東鶴野縣華表莊仙人丁令威轉世而來。碑文中逕直稱祠主為「令威」「華表歸來」。足見，那位善於鍛鐵的「紫陽道人」，正是丁惟寧。人們可能還會問：那麼第一個丁令威，又是寓指何人？原來，「三降塵世」指的是祖孫三代人：神仙丁令威第一次轉世的「朱頂雪衣」仙鶴，乃是丁耀亢的祖父丁純，第二次轉世的是他的父親丁惟寧，他自己則是第三次轉世的丁野鶴。點明兩部《金瓶梅》是祖孫三代「丁令威」的心血。

在《金瓶梅》中，有西門慶的遺腹子孝哥兒乃是西門慶託生——兒子是父親的化身的情節。丁耀亢同樣認為，死後可以託生，生前更可「身身相見」。不然，丁純病逝於萬曆四年，丁耀亢出生在萬曆二十七年，前後相差二十三年之久，祖孫三人怎麼可以同時出現在一張《鶴化圖》中呢？在《鶴化圖》中，白鶴、老者和童子同現一圖，與丁惟寧去世時丁耀亢尚是一個十二歲的童子完全吻合。丁耀亢在附詩中解釋道：「坐見前身與後身，身身相見已成塵。亦知華表空留語，何待西湖始問津。丁固松風終是夢，令威鶴背未為真。還如葛井尋圓夢，五百年來共一人。」可惜，學者們沒有把《金瓶梅》跟《續金瓶梅》聯繫起來加以考證，以致如此明確的暗示，長期被忽略了！

第四，有人倘要提出疑問：上述理由固然可以證明丁惟寧是第二個紫陽道人，但是，怎麼能證明《金瓶梅》就是他的作品？換句話說，怎麼能證明他就是蘭陵笑笑生呢？

為《金瓶梅》寫跋的「廿公」，在〈跋〉中寫道：「《金瓶梅傳》為世廟時一鉅公寓言，蓋有所刺也。然曲盡人間醜態，其亦先師不刪『鄭衛』之旨乎？中間處處埋伏因果，作者亦大慈悲矣。」經學者考證，「廿公」就是丁惟寧的五子丁耀亢。他是二十歲時背上父親的書稿，到蘇州鐫版印刷的。跋語就寫成於此時。跋中所謂的「世廟時」，是指明世宗嘉靖朝。丁純在嘉靖年間鄉試中式後，被授為直隸鉅鹿縣訓導。明清時期，諸城一帶，有以先人在何地作過官，便以其地冠稱某公的習慣。這裏的「鉅公」，正是丁耀亢對其祖父丁純的尊稱。這透露出一個極其重要的信息：《金瓶梅》的始作俑者乃是丁純。

進一步的證據是《續金瓶梅》中「南海愛日老人」作的一篇〈序〉。經考證，「愛日老人」，乃是丁惟寧的孫子、丁耀亢的侄兒丁豸佳。這位丁氏傳人直言不諱地寫道：「不善讀《金瓶梅》者，戒癡導癡，戒淫導淫。……紫陽道人以十善菩薩心，別三界苦輪海……何曾是小說家言也……天臺智師，性善兼明性惡，六祖、七祖，善惡都莫思量。相待義門，強明因果，證窮念絕，何果何因？善讀是書，檀郎只要聞聲；不善讀是書，反怪豐干饒舌爾。」這篇一直沒有引起人們注意的〈序文〉，不僅點明了《金瓶梅》是「紫陽道人」所作。丁純原是今膠南市天臺人，故稱其為天臺智師。而六祖、七祖，也絕非指佛門中的法號，而是丁家的輩分。《琅琊天臺丁氏家乘》記載，丁氏六世祖為丁純，七世祖是丁惟寧，八世祖則是丁耀亢。九世孫丁豸佳如此稱呼，正符合晚輩的身分。

事情已經再清楚不過，丁純是《金瓶梅》的始作俑者，他參照詞話本《挑簾裁衣》，構寫他的「寓言」，但沒有寫完。畢其功的則是他的兒子丁惟寧，他的孫子丁耀亢又作了個別的訂正補充。因此，與其說《金瓶梅》是一個人創作，毋寧說是三代人的心血結晶。當然，主要撰寫人則是丁惟寧。他面壁十載，於丁公祠原址的九仙別墅完稿。

需要特別指出的是，丁耀亢是把《金瓶梅》和《續金瓶梅》看作一個整體，他虛構三次轉世故事，並把「三降塵寰」添加到《金瓶梅》中，乃是既不想將「笑笑生」和「紫陽道人」的身世輕易曝露，又不願留下永遠不可解的歷史疑案。於是，用隱晦曲折的妙筆，寫下一篇「偈語」，給後人留下尋覓的蹤跡，可謂是用心良苦。而洞悉內幕的丁豸佳，同樣不肯讓祖宗的功績湮沒不聞，才進一步作出既隱晦而又顯現的袒露。

現在，一切都已明確：被譽為「第一奇書」《金瓶梅》的作者，「蘭陵笑笑生」就是丁純父子！

第五，有人至今仍把目光停留在蘭陵，愚以為，既是被「蘭陵」二字誤導，也是地域情結作怪。殊不知，另一個秘密——「蘭陵」，業已被解開。它就在丁公石祠迤後不到二華里處的九仙山東側。那裏有一條深谷，原名就叫「蘭陵峪」。崇禎年間，諸城進士呂一奏辭官後選定在這裏隱居，他將峪中的一處汩汩奔湧的山泉，命名為「洗耳泉」，並在泉側石崖上親筆題寫「洗耳」兩個六尺見方的大字，藉以發抒對齷齪官場的厭惡。從此，這裏名聲大震，人們只知道「洗耳泉」，幾乎將它的原地名「蘭陵峪」忘在腦後。筆者在文友的幫助下，費了許多周折，才將原地名搞清楚的。

第七，《金瓶梅》中有大量魯東南方言，而諸城就是「魯東南」。至於書中出現幾句吳地方言，更是不足為奇。丁耀亢對父親的書作過修訂，他在避清兵亂時多次在蘇北、魯南一帶滯留。二十歲上為了刊刻《金瓶梅》負笈南下，「拜董其昌為師，並與諸書生連文社」（魯迅語），在蘇州住了近兩年，他熟知一些蘇北以及江南方言不足為奇。

第八，至於說其他作者既有寫作才能又有寫作時間云云，更不值得一駁。進士出身的丁惟寧才華橫溢，學富五車，身後留下許多優秀詩文。萬曆版《諸城縣誌》他擔任主編並作序。他年僅四十歲即辭官歸林，在蘭陵峪旁隱居二十餘年。不僅同樣具有創作才能和充裕的寫作時間，而且有著極其安靜的創作環境。

據此，丁惟寧是《金瓶梅》作者的結論，可以說是鐵板釘釘。試問，哪位持疑義者能提出有力的反證？

三

丁惟寧的五子丁耀亢（一五九九——一六六九）字西生，號野鶴，自書紫陽道人，木雞道人。丁耀亢是明末清初著名文學家。少年時代在九仙別墅讀書時，即顯露才華，稱頌鄉里，有才子之譽。由於才華橫溢，筆底恣肆，自然不稱膠柱鼓瑟的考官們的「高眼」，結果，科運不佳，屢試不第。他便專心讀書寫作。二十歲上背上父親的書稿，南下江南，在蘇州雇人鐫版印刷，同時拜父親的摯友、著名文學藝術家董其昌為師。董其昌十分賞識這位青年的聰明才氣，極力予以栽培。並欣然為《金瓶梅》寫了一篇序，署名「東吳弄珠客」。在此期間，他與陳古白、趙凡夫、徐暗公等人結成文社，切磋詩文，十分契合。兩年後，父親的書稿付梓，他將印成的《金瓶梅》運回家鄉饋送好友並珍藏。同時帶回著名雕工吳尚端，將江南以及當地朋友謳歌父親的詩文，刻石勒碑嵌於丁公祠四壁。正是這些碑文，給我們留下了研究「笑笑生」其人的寶貴資料，實在是功不可沒！

丁耀亢出身於仕宦之家，兄弟侄子，連連科場得意，他卻屢次滿興而去，敗興而歸，失意頹喪，無顏面對江東父老。正所謂，塞翁失馬焉知非福。鬱鬱不得志的大才子，只得退回書齋將滿腹錦繡璣珠用到詩文創作上。他取材歷代吉凶善惡寫成《天史》十卷，獻給父親的契友、化名「欣欣子」為《金瓶梅》作序的鍾羽正，得到很高的評價。此後，他詩興勃發，佳作不斷，被譽為「山左詩人」，「九仙詩人」，稱他的詩作「開一邑風雅」。

請兵入關後，丁耀亢處處躲避，不與新朝合作，但卻招來許多攻訐。為了避禍，順治四年，他已經四十八歲，只得泛海北上入京謀官。先任容城教諭，繼為鑲白旗教習。留京期間，廣泛結交名儒才士，王鐸、傅掌雷、張坦公、劉正宗、龔鼎孳等都成了他家的座上客。他當場揮毫，出口成章，一時文名大噪。

順治十六年，年已六十歲的丁耀亢，被差遣為福建惠安知縣。由於忍受不了官場的腐朽醜惡，並擔心成為佔據海島「反清復明」力量的俘虜，以母親年老多病為由，上折辭官。不等批文下達，即回到諸城故家。隱居諸城橡家溝，讀書創作。並與張侗、李澄中、劉子羽、王鍾仙等文朋詩友，密切往還。他的大量詩歌作品，都作成於這一時期。

丁耀亢一生著作甚豐，除《天史》外，還有作於容城的《椒丘集》，作於京城的《陸坊詩草》，作於江南的《江干草》，作於家鄉的《歸山草》。晚年雙目失明，仍寫出了一卷《聽山亭草》。丁耀亢還是著名的戲劇家，《西湖扇》、《西湖遊》、《赤松遊》、《蚺蛇膽傳奇》、《表忠記》等傳奇作品，影響頗大，時人有「南李（漁）北丁」之譽。

丁耀亢影響最大的作品，是長篇世情小說《續金瓶梅》。作品以明清社會易代時，戰火蜂起，民不聊生為背景，鞭笞清軍屠殺擄掠的強盜行徑。謳歌了愛國志士的英勇反抗。雖然用的是曲筆影射，卻被挾嫌者告密。以至書籍遭查禁，書版被焚毀，他被加上「輕談往事」，「為人間立言」的罪名，押到京城，關進大牢。在朋友的多方救援下，雖然活著走出大牢，卻氣瞎了雙眼。

丁野鶴性情豪俠，狂放不羈。劍客遊俠、佛門子弟等，都成了他的座上客。他對家鄉的山水，更是一往情深。有大量詩篇是謳歌家鄉山水形勝，特別是五蓮九仙兩山。正如他的別號——野鶴一般，一片閑雲，翩然來去，行異言殊，卓爾不群。以至成為人們津津樂道的「癲子」。就是這樣一位「癲子」，卻是個藝術全才，在詩詞、散文、小說、戲劇等方面的成就，可謂獨領風騷，青出於藍而勝於藍。沒有他過人的智慧與才華，第一奇書《金瓶梅》不會得到那麼完整的保護，續書也不會那麼快地問世。作者的謎底，更不會那麼巧妙地隱藏在丁公石祠九方默默四百年、等待一朝發言的石碑中。不然，「蘭陵笑笑生」的身世，真就成了千古之謎。作為一個《金瓶梅》的研究者和「笑笑生」傳記體小說《仰止坊》的創作者，更感到身受厚貺，無任感戴。

丁氏父子的道德學問，對中國文學史的不朽貢獻，千秋咸頌，高山仰止！

二〇〇七年十二月六日　於濰坊鳶都湖龍門閣下

《金瓶梅》作者揭秘

困擾學術界數百年、被稱為「歌德巴赫猜想」的《金瓶梅》作者之謎，經過諸多學者的艱苦探索，候選人的範圍日益縮小，近年來只剩下山東嶧縣賈三近，浙江山陰蕭鳴鳳，江蘇太倉王世貞等，還有人為之爭「著作權」。甚至有一些「新發現」見諸報端，指人點物，言之鑿鑿。據說，不但在徽州找到了「《金瓶梅》的作者」汪道昆，而且發現了文學作品《金瓶梅》「遺址」，以及文學人物「西門慶故里」並建起了《金瓶梅》遺址公園，恢復了故居原貌。似乎，有了這些「無可爭議」的「物證」，一場曠日持久的論爭，從此可以劃上大大的句號。殊不知，其他地方的證據更加完備。

一

這些年，爭名人之風愈演愈烈，《金瓶梅》的作者自然不能倖免。各地提出的「新發現」和「證據」，歸納起來不外下述幾種：

一，當地有笑笑生的「籍貫」——蘭陵。山東嶧縣蘭陵是賈三近的故鄉，蘭陵笑笑生非他莫屬。而與嶧縣阡陌相連的倉山縣，不僅有著名氣更大的蘭陵，而且是浙江蕭鳴鳳的祖籍，故而蕭氏便成了「無可爭議」的人選。其實，叫蘭陵的地名，全國有多處，江蘇武進縣，山東濟南、五連縣九仙山也均有此地名。只是出美酒的蘭陵，經過詩仙李白的謳歌，名氣更大而已。

二，《金瓶梅》所描寫的街道、建築、園林等在當地能夠找到一些影子。徽州、揚州、徐州甚至臨清等地都有這樣的「遺跡」。據此，便斷定作者是當地人。果真如此，蘭陵笑笑生豈不成了到處是「籍貫」的「蘭陵漂族」？

三，被認為是「笑笑生」的作者，無一例外都是進士出身，符合沈德符所謂「嘉靖間大名士」的界定。

四，他們不僅有創作奇書的水平和才氣，而且有充裕的創作時間。

五，《金瓶梅》基本上是用魯東南一帶方言寫成，作者非山東人莫屬，這是學術界的公識。由於書中夾雜著部分南方土語，一些研究者便認定「作者」是南人。甚至找一些「別處所沒有」的方言詞彙，來加以佐證。殊不知，所舉事例往往別處也能找到。即使在別處找不到出處，也不能證明作者就是當地人。因為，原著經過了不止一人的「加工潤色」，添上一些當地土語是很自然的事。原書後半部很乾淨，並無不當的淫穢描寫，顯然是經過別人的染指。一個人的作品，前後如此不一致，是不可思議的。而有人只持有手抄本的前半部分，卻是有據可查的事實。有的學者考證，為前半部加上淫穢描寫的，是徐階的曾孫女婿，湖北麻城的劉承禧。另外，原著是「詞話本」，與「繡像本」從回目到內容有諸多不同，更是經過後人修改的鐵證。

很顯然，僅憑上面五條理由，便斷定《金瓶梅》的作者為誰，是遠遠不夠甚至是站不住腳的。之所以出現這種現象，主要原因是作者為了躲避寫「淫書」之玷，特意隱瞞自己的真實身份，而用了「蘭陵笑笑生」的化名。以致魚龍潛蹤、撲朔迷離，真偽難辯。不過，有一點可以肯定，許多被認為是「笑笑生」的候選人，幾乎無一例外，手中都曾持有過《金瓶梅》的手抄本。因為是禁書，手稿持有者便極力隱瞞書稿的來源，看到的人便以為其人就是「笑笑生」，以致以訛傳訛，流傳甚廣。

二

令人驚奇的是，二〇〇八年三月五號，中央電視臺十套「探索與發現」欄目播出的「《金瓶梅》與王世貞」，將認同的目光，再次投向大名士王世貞。沉寂許久的王說再次得到張揚。

王世貞說，源自康熙版謝頤〈序〉中的話：「《金瓶梅》一書，傳為鳳洲（王世貞）門人之作也，或云即出鳳洲之手。」由於王世貞是一代大名士，他的父親是被奸相嚴嵩所害，於是，清代許多論者紛紛附和，「孝子寫書」說，一時甚囂塵上。直到上世紀初，經過魯迅、鄭振鐸、吳晗等的深入研究，確認是謬說。所謂王世貞是將自己寫的劇本《鳴鳳記》增補後改名《金瓶梅》送給嚴世蕃，以投其迷戀淫穢小說的癖好，更是臆造之言。《鳴鳳記》是寫夏言、楊繼盛等與嚴嵩的政治鬥爭，很難加上妻妾爭風、男女媾歡之類世俗內容。何況，嚴世蕃根本不是被王世貞抹在書頁上的砒霜毒死，而是被朝廷砍了腦袋。

電視節目說，文革平墳時，發現王世貞的父親墳中只有一顆金屬頭，證明確實是被嚴嵩砍了腦袋，似乎為「孝子寫書」說找到了新的根據。歷史上清官廉吏掉腦袋的事數不勝數，但他們的後人用寫書復仇，不僅聞所未聞，而且也離奇得很難令人信服。至於說，《金瓶梅》中有七十餘處詞語為太倉「所獨有」，書中寫到的中藥「三七」，當時也只有王世貞熟悉，筆者認為，這只能證明書稿是被王世貞或者他的門人修改的結果。這樣說，是有根據的。王世貞是《金瓶梅》早期手抄本的擁有者之一，他完全有條件對原作進行修改和增刪。（後面還要談到）

有人在王世貞的父親名字上搞猜謎式的「索引」，有人發現，王世貞曾用過「笑笑先生」的化名，同樣不能證明王世貞就是奇書的作者。曾被認為是《金瓶梅》作者的屠岸，就逕直用過「笑笑生」的化名，事實證明，屠岸並不是《金瓶梅》的作者。

總而言之，上述理由並不能證明《金瓶梅》的作者就是王世貞。

那麼，《金瓶梅》的作者到底是誰呢？據本人及其他學者的多年考證，答案已經明確，他就是山東諸城的丁惟寧。

三

丁惟寧（一五四二——一六一一），山東諸城人，萬曆進士，曾任過監察御史，四十歲辭官歸里，在現在的五蓮縣九仙山別墅隱居近二十年。他才華橫溢，詩文俱佳，不僅主編過諸城縣誌，還寫了大量詩文。他有能力、有時間寫出《金瓶梅詞話》這樣的傳世奇書。理由於下：

一，早期手抄本大多來自諸城。擁有《金瓶梅》早期抄本者，共有十二人：董其昌、袁宏道、袁中道、謝肇淛、沈得符、徐階、劉承禧、文在茲、王稚登、王世貞、邱志充等。這十二人所「擁有」的手抄本，大多是親友間傳抄（閱）的。而董其昌、王稚登、王世貞和邱志充手中的抄本，全部來自山東諸城丁惟寧處。董其昌祖籍山東萊陽，曾在諸城丁惟寧別墅居留許久，參加過丁惟寧倡首的「東武詩社」（諸城原名東武）。王世貞曾任山東青州道兵備副使，諸城是青州屬下，王世貞不僅到諸城拜訪過丁惟寧，而且二人惺惺相惜，詩酒唱和。山西王稚登是丁惟寧的朋友，九仙山丁公石祠的門匾「羲黃上人」四個大隸字就署著「太原王稚登書」。邱志充則是丁惟寧的近親和學生。上述幾人能得到奇書手抄本乃是情理中事。既然早期手抄本無不源自諸城，寫書人是丁惟寧還有疑問嗎？

二，為《金瓶梅詞話》寫序作跋的，都與丁惟寧有著密切的聯繫。「欣欣子」乃是青州進士鍾羽正，他和丁惟寧是好朋友，兩人往還頻繁。他的〈駝山行〉詩中就有「習靜欣欣子，披襟邀熏風」的句子。愚以為，丁惟寧將自己的傑作署名「笑笑生」，什九是受欣欣子的啟發。另一位寫序的「東吳弄珠客」，就是上面提到的丁惟寧的朋友董其昌。而作〈跋〉的「廿公」，則是丁惟寧的五子、著名戲劇家，有「南李（笠翁）北丁（耀亢）」之譽的詩人丁耀亢（字野鶴，號紫陽道人），在二十歲時寫下的。

三，「廿公」（丁耀亢）在〈跋〉中寫道：「《金瓶梅傳》……蓋有所刺也。然曲盡人間醜態，其亦先師不刪鄭衛之旨乎！中間處處埋伏因果，作者亦大慈悲矣。」這是在高聲呼喊，作者是懷著大慈悲之心，在對人間醜態進行針砭諷刺。很顯然，他之所以要再寫一部《續金瓶梅》，正是借用陰陽輪迴，進一步為被誣為「淫書」的父親傑作正名。

四，在《金瓶梅》第一百回，就在全書終結處，違反創作規律，突兀地插入兩句詩：「三降塵寰人不識，倏然飛過岱東峰。」筆者認為，這是丁耀亢加上去的。證據是，《續金瓶梅》第四十二回，也是在接近收尾的地方，根據《搜神後記》虛構了一個丁令威「三降塵寰」的故事：遼東三韓鶴野縣華表莊出了個神仙丁令威，歷經三次轉世：一轉為朱頂雪衣白鶴；二轉為善於鍛鐵的匠人自稱丁野鶴；三轉為明末東海人，也自稱丁野鶴、紫陽道人。魯迅先生早在《中國小說史略》中即認定，最後一個紫陽道人就是丁耀亢。但沒有說另外兩個是誰。據考，第一次轉世的仙鶴是丁耀亢的祖父丁純，第二次轉世的「鍛鐵匠人」是他的父親丁惟寧。此說並非臆造之詞，丁耀亢在《續金瓶梅》中，已經作了明確的暗示。鑲嵌在九仙山柱史（監察御史的尊稱）丁公石祠四壁、逃過文革浩劫的碑刻上，更有著清楚的記載。常州徐升題詩：「令威翩翩一柱史，早薄榮名謝天子。」王化貞題詩：「仙人乘鶴五雲中，華表（莊）歸來息此宮。」海上後學喬師稷題詩：「華表不歸丁令鶴，東武（諸城）空說九仙巒。」關中唐文煥題詩：「白鶴歸華表，青山做主人。」詩中一再稱祠主人是「丁令威」、「丁令鶴」、「華表歸來」，足見，這個丁令威就是善於鍛鐵的丁野鶴。歷經四百年風雨，完好無損的石壁題詩，堪稱是三代寫書的鐵證。

五，有人倘要提出疑問，上述證據固然可以證明三次轉世。但怎能證明《金瓶梅》乃是祖孫三代人的作品呢？回答是肯定的，證據同樣很充分。丁耀亢為《金瓶梅》寫的〈跋〉，巧妙地回答了這一問題：「《金瓶梅傳》傳為世廟時一鉅公寓言。」「世廟」是指明世宗嘉靖朝。這「鉅公」為誰？他當然不能公開說明。但也有跡可尋。諸城一帶，有以先人曾在何處為官，便以其地冠稱某公的習俗。丁耀亢的祖父丁純，嘉靖年間曾任過直隸鉅鹿縣訓導，故丁耀亢尊稱其為「鉅公」。這說明丁純是《金瓶梅》的始作俑者。

六，進一步的證據是：「愛日老人」在《金瓶梅・序》中的話：「天臺智師，性善兼明性惡，六祖，七祖，善惡都莫思量。相持義門，強明因果，證窮念絕，何因何果？善讀是書，檀郎只要聞聲；不善讀是書，反怪豐干饒舌耳。」據《琅琊天臺丁氏家乘》載，丁氏的六世祖是丁純，他的兒子是七世祖丁惟寧。這裏的「六祖、七祖」並非佛門世系，而是丁家的輩分。據丁其偉等先生考證，「愛日老人」是丁純的重孫子丁豸佳，稱先人為「祖」，正符合晚輩的身份。這充分證明，《金瓶梅》是丁惟寧在父親遺稿的基礎上，在九仙山別墅面壁十年完成的。他的兒子丁耀亢在父親去世十年後，對父親「遺書」又作了個別補充（如上面的兩句詩就是），到蘇州鐫版印刷的。而丁耀亢也是把自己的續書，看成是《金瓶梅傳》的組成部分。足見，說《金瓶梅》凝結著三代人的心血，並非空穴來風，乃是不爭之論。

七，有人之所以至今仍將目光盯在山東嶧縣或蒼縣，無非是因為那裏有「蘭陵」其地。殊不知，丁惟寧九仙山別墅後面的一條峽谷就叫「蘭陵峪」。丁惟寧用「蘭陵」作為「笑笑生」的「籍貫」，更是情理中事。

足見，《金瓶梅》作者之謎，已經清晰確鑿地破解。不知哪裡還能找到與上述七條比肩的證據？有人仍然固執一端，無非是地域情結作怪，只恐徒勞無益。

二〇〇八年四月十五日

蘭陵笑笑生密碼破解
——柱史丁公祠碑刻揭秘之一

二〇〇五年六月，本人在《光明日報》上發表了一篇短文，提出丁氏祖孫三代創作了《金瓶梅》的論點。不但許多報刊轉載，而且得到國內外諸多專家學者的贊同，認為「困惑文學界四百餘年的謎案，終於獲得破解」。但，至今仍然能聽到不同的聲音，有人甚至聲稱發現了長篇小說《金瓶梅》的「遺址」。因此，有必要進一步詳細地介紹丁氏寫書的論據，以正視聽。

其實，「蘭陵笑笑生」的身世「密碼」，原本就隱藏在《金瓶梅》和《續金瓶梅》兩書之中。更多的「密碼」，則隱藏在柱史丁公祠以及仰止坊的石刻中。

在《金瓶梅》第一百回，即全書結尾處，突兀地出現了兩句詩：「三降塵寰人不識，倏然飛過岱東峰。」據考證，這是《續金瓶梅》的作者、丁惟寧的兒子丁耀亢加上去的。證據是，《續金瓶梅》第六十二回，同樣是在接近收尾的地方，出現了一個根據陶潛〈搜神後記〉虛構的丁令威「三次轉世」故事：遼東三韓鶴野縣華表莊出了個神仙丁令威，歷經三次轉世：一轉為朱頂雪衣白鶴；二轉為善於鍛鐵的匠人自稱丁野鶴；三轉為明末東海人，也自稱丁野鶴、紫陽道人。「三降塵寰」和「三次轉世」，字面不同，內涵分毫不差。魯迅先生早在《中國小說史略》中即認定，最後一個「紫陽道人」就是丁耀亢。但沒有說前面兩個「紫陽道人」是誰。據考證，第一次轉世的仙鶴，是丁耀亢的祖父丁純；第二次轉世的「鍛鐵匠人」，是他的父親丁惟寧；第三次轉世的「東海人」，自然是丁耀亢本人了。「三降塵寰」後，倏然飛過的「岱東峰」，指魯東一帶。「東海」，是山東人對東邊海域的習慣叫法。丁家原本是瀕臨海邊的琅琊人（原屬東武，今歸膠南），後來遷居諸城。足見，棗莊、蒼山、臨清、蕭山等地，有人想與名人攀同鄉，恐怕一起步就難以逾越高入雲霄的「岱東峰」。至於距岱峰千里之遙、與東海毫不搭界的安徽黃山，更是風馬牛不相及了。

那麼，「三降塵寰」的丁令威，到底降落在何處呢？回答是：落足在山東五蓮縣（原屬諸城，舊稱東武）九仙山，即蘇東坡任密州太守時親筆題寫「白鶴樓」的地方。

在九仙山之陽，丁家樓子村前，有一座全部用花崗岩建造的祠堂。這是諸城進士丁耀斗於明代萬曆三十六年（一六〇八）二月，為其父丁惟寧修建的生祠。祠堂三間，坐北面南，精工雕琢，樸素莊嚴。門額鐫明代書畫大家張風翼楷書的「柱史丁公祠」。（「柱史」是對監察御史的尊稱）祠堂內正中匾額是「羲黃上人」四個大隸字，為太原王稚登所書。

祠主丁惟寧（一五四二——一六一一）字汝安，又字養靜，號少濱。諸城人，明代嘉靖乙丑（一五六五）進士，歷任清苑、長治知縣，四川道監察御史，巡按直隸。因忤權相張居正，左遷河南僉事、隴右兵備僉事，鄖襄兵備副使等職。丁惟寧為官清正，不阿權貴，連張居正的親戚，都格殺勿論。被譽為「遇事敏練，治行第一」。在鄖襄任上蒙冤獲譴，罷歸故里，隱居九仙山二十餘年，讀書課子，埋頭創作。由於他特別喜歡隱居地的奇山秀水。長子丁耀斗「探知公意」，便在他隱居的地方，修建了這座「白玉堂」。

石祠建成兩年後（一六一〇），迤前十米處，一座六米高的牌坊矗然而立，飛簷雕瓴，直插晴空。牌坊面額鐫三個斗大楷字「仰止坊」。右署：「賜進士中憲大夫湖廣副使前巡按直隸監察御史丁公諱惟寧字少濱主人題」，下署：「萬曆三十八年孟冬吉日不肖男耀斗沭」。石坊的楹聯是：「一詠一觴暢百年之逸興，勿伐勿剪綿千載之遐思。」下署「少濱主人題，不肖男耀斗述」。背面鐫丁惟寧手書的「山高水長」四個大楷字。

兩年後，丁惟寧病逝，正式入祀。祠龕內懸掛祠主畫像。萬曆四十年（一六一二）之後，北牆左右兩側，增加了兩塊石刻，東面的一塊鐫刻《柱史丁公石祠記》，西面的那塊，左半邊鐫刻著《題少濱丁憲副公祖石祠四首》，左半邊的文字則被磨掉。大約十多年後，東西兩山又各增加了碑刻三塊，鐫刻著仰慕者及前來憑弔的名人詩作及祭文。許多人不解，其中為甚麼有不少是江南人的作品？

萬曆四十七年（一六一九），丁惟寧的五子丁耀亢，負笈江南，「問奇虎丘，與諸文士結社」。他帶去《柱史丁公石祠記》以及長兄丁耀斗、朋友丘明西、張獻之等人謳歌石祠的詩文，向當地朋友徵求唱和。這事有明確的記載，蘇洲徐升寫道：「西生兄來自密，問奇虎丘，首謁陳古白兄，生以是識西生。出尊人九仙山石祠記，乞文古公，謬及不肖，不能辭，勉就一章以報，不足存之。」（此文鐫石祠西山中間）蘇州人錢允汜、薛明益的贈詩，更是步丘明西、張獻之的原韻。丁耀亢還把父親的《山中即事》詩稿，請當地名家題寫。他的鄭重「乞文」，得到江南文友的積極響應。第二年（一六二〇），他將乞得的詩作帶回東武，連同此前沒有來得及鐫刻的詩文一起，刻成六塊碑，分別鑲嵌在石祠東西兩面山牆上。逃過文革浩劫，二十九首（篇）詩文，至今保存完整。碑文的作者，除了多位諸城本地人，以及壽光、臨淄、關中、太原等北地崇拜者，全部是江南名家。從詩中的風光描寫可以看出，這些江南名家，像撰寫千古美文〈岳陽樓記〉的范仲淹一樣，是根據第二手資料寫出，從對環境的謳歌可以看出，他們並沒有實地考察。這從另一個側面透露出，丁耀亢弘揚丁家事業的良苦用心。

通常，不論是一座祠堂還是一座廟宇，從建築、裝修、碑刻以及環境佈置都是一氣呵成，然後，舉行開光或落成典禮。而丁公石祠，從祠堂建成到樹立牌坊，再到兩次補嵌碑文，前後相距竟達幾十年。是有意拖延，還是遭遇到難以抗拒的意外？

這正是本文所要探究的秘密。學句時髦話：正是本文力求解讀的「密碼」。

二

四百年來，到丁公祠憑弔瞻仰者不知凡幾。大部分人，不過是欽仰祠主人的道德學問、吏治功業，以及丁耀斗承先德、啟後昆的感人孝道。並沒有人注意到，石刻上的詩文，除了頌揚石祠四周「窈窕似仙宮」的醉人景色，以及祠主人的道德吏治，為什麼還一再謳歌「斑斕文章」，「不朽業績」？這正是丁公石祠所隱藏的迷人玄機。

我們不妨先讀讀石祠內的部分碑文：

一，「令威翩翩一柱史，早薄榮名謝天子。」——常州徐升。（鐫在石祠西山中間）
二，「仙人乘鶴五雲中，華表歸來息此宮。」——諸城王化貞。（同上碑）
三，「白鶴歸華表，青山做主人。」——關中唐文煥。（北牆西側）
四，「華表不歸丁令鶴，東武空說九仙巒。」——海上後學喬師稷。（西山左側）
五，「莫訝千秋高士逝，數聲白鶴下凡來。」——廣陵魏天斗。（同上碑）
六，「晝眠夢晤安期語，翹首澮州鶴使逢。」——太原王稚登。（同上碑）
七，「我欲吹簫乘鶴去，相期黃石白雲間。」——長州錢允汜。（同上碑）
八，「來時如月去如煙，白鶴仙芝常作友。」——邑人張廷策。（西山中間）
九，「花間鳥語連雲落，天外鶴鳴帶月還。」——邑人呂一奏。（東山中間）
十，「塵外之契，託諸名山。思縈魂魄，月遊衣冠，吹笙葟過，騎鶴來還。」——王化貞、王坦、孫振基、呂一奏等祭奠時寫的〈祭文〉。（東山右側）

第一條引文，可謂開宗明義、淺顯直白：柱史丁令威，早已厭煩了功名利祿，離開官場，騎上仙鶴翩翩而來。後面的九首詩中，也一再稱祠主人是「丁令威」、「丁令鶴」、「華表歸來」、「騎鶴來還」、「白鶴」、「儋州鶴」……（丁惟寧曾任湖廣鄖襄兵備按察司副使，湖南有澮水，這便是「澮州鶴」的來歷。）這些文字，不正是對《金瓶梅》和《續金瓶梅》中插入的

「三降塵寰」、「三代化鶴」的「丁令威」的直接呼應嗎？

如果祠主人與傳說中的「丁令威」無干，飽學的才子們，怎麼會在莊嚴的祠堂裏，無中生有，喋喋不休？足見，這個「丁令威」就是善於鍛鐵的第二代丁野鶴。他的父親丁純，就是第一代化鶴的「丁令威」。顯而易見，飛過「岱東峰」的丹頂鶴，正是降落在九仙山。蘭陵笑笑生的密碼，才大量隱藏在丁公祠的碑文中。

三

丁惟寧本人，在〈山中即事〉三首詩中，（分別由茂苑沙舜鳳，東吳陸士仁，雲間喬拱宿書寫。西山右側碑）在謳歌了山居怡人的絕佳風光之後，含蓄地寫到自己的創作態度，對晚輩的期望。最後，逕直聲稱自己是一隻雲頭白鶴：

一，「兒童啻可紹先業，玄白何須擬解嘲？信步閑吟聊寄興，拙夫翻笑苦推敲。」「紹先業」是期望他的子弟，繼承先輩的事業。這裏的「先業」，不是功業，更不是家業，而是他的著書事業。同時告誡兒子，對別人的黑白顛倒、誤解攻訐，看成無恥讕言就是了。我寫書看似「信步閑吟」，其實是有感而發，拙夫們笑我「苦推敲」，由他們笑去！

二，「鳳翔高騫侍從班，羽儀方仰忽投閑。削成丘壑疑天外，領就煙霞出世間。永譽自了高月旦，神遊從此託仙山。獨發千里瞻依在，遙見雲頭鶴往還。」

這是說，當初我前呼後擁，地位優越，官運正興旺的時候，忽然被罷職歸田。因禍得福，我胸中正有非同尋常的丘壑，筆下有著超越世俗的煙霞文字。不管他人如何品評褒貶，我要回到仙山過精神生活。因為自遼陽千里駕雲而來的「雲頭鶴」，唯一念念不忘的，是完成父親丁純的遺願（瞻依在）。

他的父親丁純，字質夫，號海濱，嘉靖壬午進士，官鉅鹿訓導，長垣教諭。據考證，《金瓶梅》就是他開筆撰寫的，只是中途而輟，是兒子丁惟寧完成初稿，孫子丁耀亢又作了補充訂正後，去蘇州鐫版印刷的。

丁耀亢是丁惟寧的五子。他沒有辜負父親的囑託。不僅完成了三代心血的鐫版大業，而且寫出一部《續金瓶梅》，警世勸善，為先人橫遭攻訐的所謂「穢書」正名。又將「三降塵寰」及丁令威「三代化鶴」的故事插入兩書，將三代人創作奇書的信息，巧妙隱藏其中。值得玩味的是，丁耀亢不僅為自己取號野鶴，紫陽道人，而且成了白鶴迷。仙鶴成了他心中的神祇，鶴鳴等同他的歌吟，鶴魂就是他的靈魂。終其一生，時時歌鶴，處處頌鶴，不厭其煩地一再表白自家祖孫三代，就是遼陽丁令威化身的仙鶴：

一，「瑤台寂寞雲幢在，何處遼陽訪令威。」——〈遊白鶴觀〉《丁耀亢全集》二十七頁。（下同）

二，「偏憐白鶴恐多語，翻使遼陽話令威。」——〈遊仙詞〉四十五頁。

三，「遼海傳聞舊令威，東還華表語應非。」——〈宴射〉五十五頁。

四，「遼海尚勞白鶴訪，葛陂曾跨玉龍歸。」——〈覓舊題不見〉九十一頁。

五，「鶴吊遼陽化，龍游陸海沉。」——〈輓詩〉一三四頁。

六，「我翁高臥遼海曲，華表鶴馭仍玄孫。」——〈懷故山田園〉一八三頁。

七，「遼鶴不來茯苓化，千年蝕盡秦皇村。」——〈自壽〉一九〇頁。

八，「華表歸來城郭非，千年應歎識丁稀。當時誤說求仙語，翻使遼陽話令威。」——〈度遼〉二〇二頁。

九，「滄海雲松滿，遼陽莫話人。」——〈海鶴〉二一六頁。

十，「遼陽尚有人知鶴，易水豈無客贈魚。」——〈贈靳石渠〉二四〇頁。

十一，「遼陽無用歎知稀，久被人呼丁令威。」——〈戲贈保屬諸宰〉二四六頁。

十二，「黃鶴近來消息渺，年年皂帽老遼東。」——〈齎萬壽表入都〉二九四頁。

十三，「遼陽霜老迷丁令，洛下風高滯陸雲。」——〈寄陸鶴田邑宰〉三一〇頁。

十四，「華表城頭有舊廬，一朝解珮賦閒居。」——〈祝大司農告休家居〉三一九頁。

十五，「遼陽玄菟路幾千，穹廬半住中原鬼。」——〈行路難〉三二〇頁。
十六，「華表重來識者稀，當年松老有禪扉。」——〈遇悟石軒慈雲上人〉三六五頁。
十七，「江月江風為君飲，紫陽道人騎鶴來。」——〈寄懷洛中諸老〉三七九頁。
十八，「何事青天招不去，悠悠遼海到而今。」——〈絕句寄懷〉四二一頁。
十九，「剩有遼陽鶴，相期海上回。」——〈遊嵩岳廟贈丁道士〉四四五頁。
二十，「丹砂未返遼陽鶴，白馬常疑海上翁。」——〈東山歸來寄遠友〉四五六頁。
二十一，「何時共樽酒，重說《續金瓶》。」——〈題南上村壁懷衛公〉四五九頁。
二十二，「舊約蘇門事已違，遼陽舊夢尚依稀。」——〈懷友人寄道子〉四六一頁。
二十三，「疑是遼陽丁道士，去家千載復來歸。」——〈題壁上松鶴圖〉四六二頁。
二十四，「歸來非夢仍是夢，莫認遼陽丁令公。」——〈自少林寺回東武〉四六四頁。
二十五，「《瓶梅》成舊讖，似為著書開。」——〈雜著八首〉四七二頁。
二十六，「誤讀父書成趙括，悔違母教失陳嬰。」——〈漫成次友人韻〉四七九頁。
二十七，「我著《瓶梅》君詠檜，古今分謗愧先生。」——〈登超然台謁蘇文忠公有感〉五二五頁。
二十八，「華表化身曾夢鶴，濠梁同樂始知魚。」——〈同楊魯生孝廉小集〉五二六頁。
二十九，「梅花掃盡留明月，月照金瓶一樣同。」——〈梅花禪偈二首〉五五七頁。

三十，「華表歸來人似鶴，葛坡歸去杖如龍。」——〈述舊有懷〉五五七頁。
三十一，「畫錦歸來剩有春，遼陽鶴化宰官身。」——〈山中病廢借為介紹〉五七六頁。
三十二，「弱息投懷成一笑，化身還有百年期。」——〈夢中得子〉六一四頁。

例子舉不勝舉。「遼陽鶴」，「華表鶴」，「華表丁令威」，「遼陽鶴化」，「遼海化鶴」，「遼海令威」，「遼陽丁令公」，「遼陽化令威」……無一不是為三代化鶴作注腳。丁耀亢相信人是能「化身」的，他不僅表述自家是「三降塵寰」的白鶴，夢中生了個兒子也認為是「化身」而來。「重說續金瓶」一句，更是逕直承認，自己秉承父志，方才創作了《續金瓶梅》。「誤讀父書成趙括」。趙國大將趙括口出誑語，後來代廉頗為將，被秦將白起大敗並被射殺。這是說，我是讀了父親的《金瓶梅》才寫了續書，但離父親的水平太遠，和古人趙括一樣，無法與廉頗比肩。特別值得注意的是：「《瓶梅》成舊讖」、「我著《瓶梅》君詠檜」等詩句，丁耀亢不僅把正書和續書，看成是一個整體，而且公開宣稱自己是作者。要是《金瓶梅》是別人的作品，他這樣說，豈不成了竊奪文稿的騙子？而「我翁高臥遼海曲，華表鶴馭仍玄孫。」一句，則逕直點破，他的爺爺（我翁）乃是第一代「遼陽鶴」，《金瓶梅》是他老人家發軔開篇，父親完成全稿，自己又寫了一部續書。

從上面的引文不難看出，名家、朋友、父親、兒子，異口同聲，不厭其煩地同唱三代化鶴歌，絕不是偶然的。說《金瓶梅》的作者是主要是丁惟寧，奇書凝結著丁家三代人的心血，並非空穴來風。石頭上刻字，等同鐵板釘釘！

四

丁公祠的橫匾，竟然將丁惟寧稱作「羲黃（皇）上人」，可謂推崇備至！丁公祠的其他碑文，不僅充分肯定了丁家三代是化鶴的丁令威，而且對他們的作品，同樣極力讚美謳歌：

一，「君家不朽業，今古復誰論？」——唐文煥。（北牆西側）

二，「東望五蓮西九仙，鼎峙並成三不朽。」——張廷策。（東山右側）

三，「海山來相會，舉目盡文章。」——唐文煥。（北牆西側）

四，「一榻閑相對，無人識謫仙。」——王化貞。（東牆右側）

五，「高堂蔭自遠，即自慶斑斕。」——張獻之。（同上）

六，「神遊東海畔，羨爾舞斑斕。」——薛明益。（同上）

七，「煉石何人疑鬼斧，鑿冰誰氏奪天孫？」——孫信甫。（同上）

八，「天開勝地非無意，佳氣都來鍾此間。」——邱名西。（同上）

九，「心賞已孤天外侶，文章豈羨洛中才。」——魏天斗。（西牆左）

十，「有名字內傳丹詔，無語林間識錦箋。」——僧謙。（同上）

丁惟寧父子雖然都是進士，也做了不大不小的官兒，但那算不得是「不朽業」，更不能跟五蓮、九仙兩座名山一起，「鼎峙並成三不朽」。顯然，這是指的「第一奇書」《金瓶梅》。不然，哪來的「慶斑斕」，「舞斑斕」，「識錦箋」，「佳氣來鍾」，「舉目盡文章」？奇書堪稱是警世佳作，無人匹敵，洛中才子不在話下。在這裏隱居的不是普通人，乃是一位「謫仙」。他堪比「煉石」補天的女媧，光耀天際的織女星（天孫）。評價頌揚之高，可謂登峰造極！

身為奇書作者之一的丁耀亢，作為晚輩，對「家傳事業」，更是不遺餘力地謳歌。僅舉幾例：

一，「輸他遼海鶴，雙翮出泥塵。」——〈寄龔孝升〉（《丁耀亢全集》二六三頁。（下同）

二，「曾遊瀚海魚龍化，能使遼陽草木春。」——〈祝大司農告休二首〉三一九頁。

三，「遼陽鶴唳開丹嶠，楚水龍游駕彩虹。……聞道醉裏能化鶴，不教白髮引孤舟。」——〈得劉相國詩效顰四律〉三三〇頁。

四，「雲度遼陽紫氣高，白鸞聲裏聽笙璈。」——〈贈祝公韻二首〉三三二頁。

五，「一劍劃空添絳屋，千年鶴算與天長。」——〈求邵村畫〉三四一頁。
六，「玄海龍眠忘甲子，華陽鶴唳欲周天。」——〈燕中初度自壽〉三五〇頁。
七，「化鶴千年客，元龍百尺樓。」——〈夜宿道院十四韻〉四八三頁。
八，「華表暫回千載後，丹砂高入五雲中。」——〈孤鶴橫江二首〉四八七頁。
九，「吳山山人丁紫陽，江左名篆陳師黃。」——〈王孟津字帖換米歌〉四八八頁。
十，「最是離群難寄恨，何時春信返遼陽？」——〈山夜聞雁〉六〇四頁。
十一，「逐隊分行劃碧空，衡山遼海任摶風。」——〈江海秋風〉六〇五頁。

「駕彩虹」、「出泥塵」、「草木春」、「百尺樓」、「五雲中」、「春信」、「任摶風」等等，無一不是對奇書的傾情頌揚。「與天長」、「欲周天」更是把傳家之作，比作鶴唳周天，千秋不滅（與天長）。由衷褒揚之情，無以復加。

丁耀亢的父親丁惟寧和祖父丁純一樣，歷經戰亂與文字獄的洗劫，詩文存世很少。丁純儘管參加過「九老會」，頻頻聚會，詩酒唱和，竟然沒有留下一首詩、一篇文章。不然，我們還能發現更多的解密資料。石祠碑刻有幸，保留下丁惟寧的三首詩，這真得感謝堅硬的花崗岩石碑，不是它的存在，我們難以窺見奇書作者溢於言表的得意之情：

「攬結恣幽討，深歸造物功。」——〈山中即事〉之二。（西山右側）

「削成丘壑疑天外，領就煙霞出世間。」（同上詩之三，位置同上）

前一聯的意思是，我採擷（攬結）的素材，來自人世百態，經得起推敲和評騭，不怕別人污蔑攻訐。後二聯，更充滿了自信與驕傲：「丘壑天外」，「煙霞出世」，我的作品，構思奇特，文采斑斕，獨領風騷，非世間凡夫俗子可以比肩！

丁惟寧為「仰止坊」的題字，同樣暗寓著內心的得意之情。

丁惟寧的兒子丁耀斗出於孝心，為父親建祠堂，乃是人之常情。為什麼兩年後，還要再建一座牌坊呢？參觀的人，大都認為「仰止坊」是在頌揚九仙山的奇峰異岫，幾乎沒有人看出其中蘊藏的深意。試想，巍然奇秀的九仙山，與丁家何干？何必在祠堂完成之後，再斥鉅資修一座牌坊？顯然是在頌揚自己的奇書像《古文觀止》一樣，有「高山仰止」之勢。不然，下面的問題沒法解釋：牌坊楹聯的上聯是：「一詠一觴暢百年之逸興。」僅僅賞山暢懷，哪來的「百年逸興」？只有三代人心血凝成的奇書傳世，才能夠「暢百年之逸興」。牌坊背面的「山高水長」也不僅僅是歌吟山水，是暗寓奇書是奇峰，是激流，定會像高山長水一樣千秋永存。

仰止坊還暗寓著另一層深意。

楹聯的下聯：「勿伐勿剪綿千載之遐思。」這是什麼意思？亂砍山上的名樹古木去大煉鋼鐵，亂鑿奇峰怪石去修水庫的「德行」，古人恐怕還沒有。顯然，這是用曲筆討伐鉗士子之口、銷毀禁書的文字獄。當初，他的奇書剛寫了半部，手抄本在朋友中甫及流傳，立即遭到縣衙查抄。不是事前得到消息將書稿藏起，並用別的書稿巧妙掩飾，書稿和寫書人都難逃滅頂之災。這是丁惟寧的一塊大心病。他將「勿伐勿剪」親筆寫出勒石，昭示人間，是對統治者的勸諭，也是對後人的警示。不幸，他的擔心並非多餘。飽學多才、性格粗疏的丁耀亢，分明忘記了父訓。他的《續金瓶梅》剛付棗梨，即遭查禁！不僅書版被焚毀，而且鐐銬加身，進了京城大牢。不是身居高位的幾位朋友大力營救，一條性命也要斷送在洶洶詔獄裏。

難怪，丁家要花費鉅資，不尋常地樹牌坊，並在上面留下不尋常文字。此外，恐怕沒有別的解釋。

五

對於高山仰止般的奇書，手抄本剛剛問世就遭到了查禁。祠堂的碑文也提供了有力的佐證：前面提到，丁公祠北牆西側的一塊石碑，右半邊文字被全部磨掉了。這是一個非常令人驚訝的奇怪的現象！莊嚴的祠堂，怎麼會將好端端鑲嵌上的碑刻磨掉，卻不加修補呢？十多年前，筆者曾遍詢當地老人及文友，得到的答覆一律是搖頭歎息。顯然，這不是文革的遺跡，破四舊用的是鐵錘、斧鑿和烈火，沒有人耐心用磨石。當時，一位老人為了保護石祠和牌坊不被洶洶而來的小將砸毀，在上面貼滿了「萬壽無疆」、「永遠健康」之類的大標語，祠內的碑刻也用黃泥漫上，堆滿柴草，方才使兩大寶貴遺址奇蹟般地完整保存下來。

毫無疑問，被磨去的碑文，上面刻有犯忌違禁的文字。可是，碑文是什麼時候磨去的？被磨去的文字又是什麼內容呢？筆者被這些疑問長期困惑。今年春末，索性帶上手電筒、倍數極高的放大鏡和數碼相機，在「視力特好」的幾位朋友的陪伴下，一次次察看，揣摩，終於發現了一些端倪：從石碑面積判斷，磨掉的至少應該是兩首詩。仔細辨認，磨掉的文字尾部，隱約看出「如水玉樹XX秀可餐海上後學喬師稷」等字。就像暗夜看到了光明，興奮之情難以言表。我當即在西山牆左側，找到了一首喬師稷的刻詩：

舊掌烏台繡斧寒，高風於今畫圖看。扶將鳩杖閑驄馬，披得羊裘掛豸冠。
華表不歸丁令鶴，東武空說九仙巒。已知世德清如水，玉樹森森秀可餐。

——海上後學喬師稷拜書

這首詩與磨去的詩，署名一樣，筆跡完全相同，說明是同一幅手跡的重刻。可是，同一首詩，為什麼要刻兩遍，並鑲嵌在咫尺之間？寫字會有筆誤，刻碑可是先將寫好的詩稿摹上再刻，絕不會出現半點差錯。退一萬步講，就是刻錯了，也會另刻一塊，重新鑲嵌上。在祠堂十分顯眼的位置，怎麼會讓半塊光禿禿的石板，長期面對絡繹不絕的參拜者呢？那不是自煞風景嗎？書香門第的丁家，怎會作出如此愚蠢的事！那麼，原因到底在哪裡呢？

最終，祠堂內碑刻的不同時間，幫助我們找到了破解這一密碼的門徑。

前面提到，丁公祠建於萬曆三十六年（一六〇八），〈柱史丁公石祠記〉卻是寫於萬曆四十年。這說明，建祠之初，壁上並沒有碑文。直到萬曆四十年之後，北牆兩側才有了兩塊石碑。此後，查抄「淫書」的妖風，再次劈頭打來，應是在丁耀亢完成續書的時候。那時，大明朝成了大清朝，丁惟寧早已作古，但文字獄依然肆虐。丁耀亢聽到風聲，便悄悄將最容易招禍的詩文磨去。但沒等他的「滅跡」工程結束，便鐐銬加身，鋃鐺入獄。直到風聲過去，方才將搜集到手而沒有鐫刻的碑文，一併刻成六塊碑，補嵌到祠壁上。為了表示憤慨，索性對已經磨損、光禿禿的石碑不加修補。留石存證，以記載文字獄的罪惡。

丁耀亢留下的大量詩文，可以佐證上面的推斷：

一，「新著異書藏二酉，一時玄白不須刪。」——〈贈查伊璜〉，《全集》一二八頁，下同。

二，「臥腹老松將起夢，渡遼古鶴未辭籠。」——〈贈宗侄丁聲其〉一三九頁。

三，「著書招謗真堪笑，歸去還擬作解嘲。」——〈至孟邑得赦詔家信〉四四七頁。

四，「招謗承恩開詔獄，焚書奉禁遍神州。」——〈戒吟二首〉五一五頁。

五，「焚書逸興盡，解網聖恩優。」——〈夜宿道院〉四八三頁。

六，「我著《瓶梅》君詠檜，古今分謗愧先生。」——〈謁蘇文忠公有感〉五二五頁。

七，「秋風千里驅車難，避地畏人潛姓字。

解網方知獄吏尊，焚書始信文章賤。」——〈丁未中秋月〉五四〇頁。

八，「風定潮平因渡岸，書焚火滅不成魔。」——〈七十老人自壽〉五六八頁。

九，「難中舊本甘焚盡，赦後新詩苦日多。」——〈自嘲〉五八九頁。

十，「焚詩能見否？伯仲喜多才。」——〈祭傅司空〉五七八頁。

十一，「珠海光潛因瘞硯，《瓶梅》香盡久焚書。」——〈夢龔芝麓先生同遊〉六〇三頁。

十二，「焚書不入石渠秘，異域猶憐海岱才。」——〈焚書無存者寄詩志感〉六一六頁。

十三，「名畫墨帖盡汙裂，詩版經難皆爨餘。」——〈作七賦聊以自警〉六二二頁。

上面所引詩句的第一句，就洩露了許多秘密。我們新著的「異書」，本來連刪削都用不著，可是還得藏到「二酉」的山洞裏（「大酉山小酉山在湖南，這是打比方）。寫罷「異書」，就得「避地畏人潛姓字」——埋名隱性逃亡。不然就難以「辭籠」——等著坐大牢吧。著書要

「招謗」，出了書要「焚書」，「焚詩」連書版也「皆爨餘」——統統被大火燒光。「焚書逸興盡」，父親所憧憬的「暢逸興」，也被秦火焚盡了。這些話，不但從反面證明，丁家祖孫所寫的「異書」就是被明清兩代統治者視為洪水猛獸的《金瓶梅》，也透露出丁耀亢對文字獄的切膚之痛。至於「承恩開詔獄」，「結網聖恩優」等諛詞，同落地人頭稱讚「好快刀」一樣，不過是政治高壓下的假表態而已。

至於，另一首被磨去的詩是什麼，估計是王化貞的〈送丁先生藏主山中〉：

仙人乘鶴五雲中，華表歸來息此宮。煙橫野岫閑清晝，花落空庭任晚風。

猶有姓名傳太史，可能杖履對青峰。千秋俎豆人如在，不與平泉金品同。

（鑲嵌在西牆中間）

詩的意思是：祠主人從華表莊乘鶴而來，看似在青山綠水間，空庭晚風，扶杖逍遙自在，他可不像無所事事、悠遊平泉莊的晚唐人李德裕。丁先生是有為而隱。他的名字足可傳青史，人們會千秋萬載祭奠他。為什麼可傳青史？因為他創作了驚世駭俗的第一奇書。這首詩的內容，與磨去的那首非常接近，簡直像同題作文。既然洩露的秘密同樣多，自然難逃同樣的厄運。至於現存祠內的另外一些比較露骨的詩文，則是後來與這兩首詩一起補刻上去的。

上述大量事實證明，傳世奇書《金瓶梅》的作者「蘭陵笑笑生」，就是丁純祖孫。丁純開了頭，兒子丁惟寧完成了全書，孫子丁耀亢進行了個別訂正，並寫出了《續金瓶梅》。歷經四百年風雨，完好無損的仰止坊及杜史丁公祠碑刻，以及丁耀亢傳世的詩文，堪稱鐵證。它們一齊發出了金石般的聲音：《金瓶梅》作者的身世密碼已經揭開。

另外，充滿《金瓶梅》全書的魯東南方言，同樣證明，作者非魯東人莫屬，與安徽、浙江、江蘇等地的「大名士」無干。至於書中少量的江南方言，丁耀亢滯留吳地數載，對所謂「蠻語」，並不陌生。當然，也不排除是後來遭到書商的竄改。

有人問：丁偉寧為什麼要用化名——「蘭陵笑笑生」？筆者認為，首先是是為了避禍；再則是受到為《金瓶梅》寫序的「欣欣子」的啟發；三則是對「拙夫」的反譏：你們不是笑我「苦推敲」嗎，我就是一位被人恥笑的笑笑先生。上面所引的「拙夫翻笑苦推敲」一句，就是這個推斷的佐證。之於，姓名前冠以「蘭陵」，同樣有根據：丁公祠後面就有一條美麗的山谷叫「蘭陵峪」。丁惟寧喜歡這個名字，便讓它作了自己的「籍貫」。

足見，有人還要與笑笑生認同鄉，只能得到「笑笑生」的哂笑，徒勞無益！

二〇〇九年七月七日寫於酷暑高溫時，七月二十八日改定。

明清文字獄的實證
——柱史丁公祠碑刻揭秘之二

一

在拙作〈金瓶梅作者蘭陵笑笑生密碼破解〉一文中，破解密碼的大量依據，來自柱史丁公祠的碑刻以及《丁耀亢全集》。「柱史丁公祠」座落在山東省五蓮縣九仙山之陽丁家樓子村，建於萬曆三十六年（一六〇八），祠主人是明代嘉靖進士丁惟寧（一五四二——一六一一）。兩年後，他的兒子進士丁耀斗，又在祠堂迤前十米處，建起了一座高約三丈的牌坊——仰止坊。題款是：丁惟寧題，丁耀斗述。

丁耀斗出於孝心，為父親建祠堂，乃是人之常情。為什麼在建祠兩年後，還要再建一座牌坊呢？參觀的人，大都認為「仰止坊」是在頌揚九仙山的奇峰異岫，幾乎沒有人看出其中蘊藏的深意。試想，巍然奇秀的九仙山，與丁家何干？何必在祠堂完成之後，再斥鉅資、聘巧匠，修建一座工程十分艱巨的牌坊？顯然，他是在頌揚父親所著的的奇書《金瓶梅》，像《古文觀止》一樣，有「高山仰止」之勢。不然，下面的問題沒法解釋：牌坊的楹聯「一詠一觴暢百年之逸興，勿伐勿剪綿千載之遐思」，僅僅賞山暢懷，哪來的「百年逸興」？只有幾十年心血凝成的奇書傳世，才能夠「暢百年之逸興」。牌坊背面的「山高水長」，也不僅僅是吟詠山水，是暗寓奇書是奇峰，是激流，定會像高山長水一樣千秋激揚。

丁惟寧為「仰止坊」親筆題字，同樣暗寓著內心的得意之情。

他在《山中即事》三首詩中，（分別由茂苑沙舜鳳，東吳陸士仁，雲間喬拱宿書寫。鑲嵌在石祠西山牆右側）在謳歌了山居怡人的絕佳風光之後，含蓄地寫到自己的創作態度，及對晚輩的期望。最後，逕直聲稱自己是一隻「雲頭白鶴」：

一，「兒童啻可紹先業，玄白何須擬解嘲？信步閑吟聊寄興，拙夫翻笑苦推敲。」「紹先業」是期望他的子弟，繼承先輩的事業。這裏的「先業」，不是功業，更不是家業，而是他的著書事業。同時告誡兒子，對別人的黑白顛倒、誤解攻訐，看成無恥讕言就是了。我寫書看似「信步閑吟」，其實是有感而發，拙夫們笑我「苦推敲」，由他們笑去！

二，「鳳翔高騫侍從班，羽儀方仰忽投閑。削成丘壑疑天外，領就煙霞出世間。永譽自了高月旦，神遊從此託仙山。獨發千里瞻依在，遙見雲頭鶴往還。」

這是說，當初我前呼後擁，地位優越。官運正隆，忽然被罷職歸田。不料因禍得福，我胸中正有非同尋常的丘壑，筆下有著超越世俗的煙霞文字需要傾吐。不管他人如何品評褒貶，我要回到仙山過精神生活。我採擷（攬結）的素材，來自人世百態，經得起推敲和評騭，不怕別人污衊攻訐。我的作品，構思奇特，文采斑斕，獨領風騷，「丘壑天外」，「煙霞出世」，非世間凡夫俗子可以比肩！因為我是自遼陽千里駕雲而來的「雲頭鶴」。這裏，充滿了自信與驕傲。而且念念不忘完成父親丁純的遺願（瞻依在）。

丁惟寧的父親丁純，字質夫，號海濱，官鉅鹿訓導，長垣教諭。據考證，《金瓶梅》就是他開筆撰寫的，只是中途而輟，是兒子丁惟寧完成初稿，孫子丁耀亢又作了補充訂正後，去蘇州鐫版印刷的。

丁惟寧和父親丁純一樣，歷經戰亂與文字獄的洗劫，詩文存世很少。丁純儘管參加過「東武九老會」，詩人們頻頻聚會，詩酒唱和，他竟然沒有留下一首詩、一篇文章。不然，我們還能發現更多的解密資料。感謝石祠裏堅硬的花崗岩碑刻，保留下丁維寧的三首《山中即事》詩。其中有句云：

「攬結恣幽討，深歸造物功。」——《山中即事》之二。

「削成丘壑疑天外，領就煙霞出世間。」（同上詩之三，位置同上）

奇書作者對於自己的作品的得意之情，可謂溢於言表。但仔細分析發現，仰止坊的楹聯，不只是頌揚，還暗寓著另一層深意——得意之外，隱藏著深切的憂慮與警惕。

牌坊楹聯的下聯：「勿伐勿剪綿千載之遐思。」這是什麼意思？是寓意封山護林嗎？顯然不是。亂砍山上的名樹古木去大煉鋼鐵，亂鑿奇峰怪石去修水庫的「德行」，古人恐怕還沒有。顯然，這是用曲筆討伐鉗士子之口、銷毀禁書的文字獄！當初，他的奇書剛寫了半部，手抄本在朋友中甫及流傳，即榮獲「穢書」之名，立即遭到朝廷封禁、縣衙查抄。不是事前得到消息將書稿藏起，並用別的書稿巧妙掩飾，書稿和寫書人都難逃滅頂之災。因此安全地保護書稿，成了丁惟寧的一塊大心病。他將「勿伐勿剪」親筆寫出勒石，昭示人間，是對統治者的勸諭，也是對後人的警示。此外，恐怕沒有別的解釋。

丁維寧的擔心並非多餘。飽學多才、性格粗疏的丁耀亢，竟然忘記了父訓。他著意為《金瓶梅》正名的《續金瓶梅》，剛剛殺青，便交付棗梨。結果，不但立即遭到查禁，書版被全部焚毀。由於續書透露出了重要信息，使文字獄的製造者從中發現，「淫書」《金瓶梅》，乃是自己父親丁惟寧的作品。父親早已作古，統治者鞭長莫及。自己則鐐銬加身，進了京城刑部大牢。多虧幾位身居高位的朋友協力營救，一條性命才沒有斷送在洶洶詔獄裏。

丁維寧防患於未然，花費鉅資，不尋常地樹牌坊，並在上面留下不尋常文字，仍然沒有逃過殘暴兇狠、無孔不入的文字獄。不僅奇書處處遭到封殺，藏有手抄本的人，同樣是凜然惕勵，視為秘笈，不肯輕易示人。從許多探討《金瓶梅》作者的文章中，多次遇到這樣的描述：某人偷偷閱讀手抄本，朋友訊問是哪裡來的？不是三緘其口，就是顧左右而言他。以致一些收藏手抄本的人，被誤認為就是作者。這無異給探索奇書作者的「真身」，增加了瀰漫的疑雲。

二

對於高山仰止般的「第一奇書」，手抄本剛剛問世，便遭到取締甚至查抄。祠堂的碑文也提供了這方面的有力佐證：

丁公祠北牆西側有一塊石碑，左半邊完好，右半邊文字卻被全部磨掉了。這是一個非常令人驚訝的奇怪現象！莊嚴的祠堂，怎麼會將好端端鑲嵌上的碑刻磨掉而不加修飾呢？十多年前，筆者曾遍詢當地老人及文友，得到的答覆，全部是無奈地搖頭。顯然，這不是文革的遺跡，破四舊用的是鐵錘和斧頭，哪個有耐心用磨石仔細研磨？後來得知，破四舊時，村裏一位王姓老人為了保護石祠和牌坊不被洶洶而來的小將砸毀，連夜在上面寫滿了「偉大領袖毛主席萬壽無疆」、「林副主席永遠健康」之類彩色標語，祠內的碑刻也用黃泥漫上。誰敢在領袖的名字上動刀斧？小將們傻了眼，滿興而來，敗興而歸。石祠和牌坊兩大寶貴遺址，方才奇蹟般地完整保存下來，現在成了山東省文物保護單位。

毫無疑問，被磨去的碑文，上面刻有犯忌或褻瀆文字。可是，碑文是什麼時候磨去的？被磨去的文字究竟是什麼內容呢？筆者被這些疑問長期困惑。石祠內光線幽暗，今年春末，索性帶上手電筒、放大鏡、倍數極高的數碼相機，在「視力特好」的幾位朋友的陪伴下，一次次察看，揣摩，終於發現了一些端倪：從石碑面積和刻文大小判斷，磨掉的至少是兩首詩。仔細辨認，磨掉的文字尾部，隱約辨出：「如水玉樹ＸＸ秀可餐海上後學喬師稷」等字。就像暗夜看到了光明，興奮之情難以言表。經過仔細尋找，在西山牆左側靠近牆角的地方，找到了一首喬師稷的詩：

舊掌烏台繡斧寒，高風於今畫圖看。扶將鳩杖閑驄馬，披得羊裘掛豸冠。

華表不歸丁令鶴，東武空說九仙巒。已知世德清如水，玉樹森森秀可餐。

——海上後學喬師稷拜書

這首詩，與磨去的詩，署名是一人，筆跡完全相同，說明是同一幅手跡的重刻。可是，同一首詩，為什麼要刻兩遍，並鑲嵌在咫尺之間呢？寫字會有筆誤，刻碑可是先將寫好的手跡摹上再刻，絕不會出現半點差錯。退一萬步講，就是刻錯了，也會另刻一塊，重新鑲嵌上。在祠堂十分顯眼的迎門位置，讓半塊光禿禿的石板，長期面對絡繹不絕的參拜者，不僅是自煞風景，怕也有冒瀆先人之嫌。書香門第、掛過「進士第」金匾的丁家，絕不會做出如此愚蠢的事。

那麼，原因到底在哪裡呢？

最終，祠堂內碑刻的不同時間，幫助我找到了破解這一密碼的鑰匙。

前面提到，丁公祠建於萬曆三十六年（一六〇八），《柱史丁公石祠記》卻是寫於萬曆四十年。這說明，建祠之初，壁上並沒有碑文。丁耀亢去蘇州為奇書製版印刷時，同時請南方的朋友給父親寫了一些詩文，並將刻碑高手吳尚端帶回九仙山，補刻了一批石碑，鑲嵌到石祠的東西北三面牆上。「姑蘇吳尚端」的大名，至今多處清晰地留在他的刻碑尾部。那首被磨掉的詩，就是丁耀亢在姑蘇時請朋友喬師稷寫的。後來，查抄「淫書」的妖風，再次劈頭打來，估計是在他完成《續金瓶梅》的時候。續書出了事，當政者自然按圖索驥，追索到了「正書」。那時，大明朝成了大清朝，丁惟寧早已作古，但文字獄依然網罟彌張，肆虐異常。丁耀亢聽到風聲，便悄悄將最容易招禍的詩文磨去。但沒等他的「滅跡」工程徹底結束，便鐐銬加身，鋃鐺入獄。直到風聲過去，回到家鄉，方才將搜集到手而沒有鐫刻的碑文，一併刻成六塊碑，補嵌到祠壁上。

為了表示憤慨，索性對已經磨損、光禿禿的半片石碑不加修補。留石存證，讓後人不忘文字獄的淫威。

丁耀亢留下的大量詩文，可以佐證這個的推斷：

一，「新著異書藏二酉，一時玄白不須刪。」——〈贈查伊璜〉《全集》一二八頁，下同。

二，「臥腹老松將起夢，渡遼古鶴未辭籠。」——〈贈宗侄丁聲其〉一三九頁。

三，「著書招謗真堪笑，歸去還擬作解嘲。」——〈至孟邑得赦詔家信〉四四七頁。

四，「招謗承恩開詔獄，焚書奉禁遍神州。」——〈戒吟二首〉五一五頁。

五，「焚書逸興盡，解網聖恩優。」——〈夜宿道院〉四八三頁。

六，「我著《瓶梅》君詠檜，古今分謗愧先生。」——〈謁蘇文忠公有感〉五二五頁。

七，「秋風千里驅車難，避地畏人潛姓字。……解網方知獄吏尊，焚書始信文章賤。」——〈丁未中秋月〉五四〇頁。

八，「風定潮平因渡岸，書焚火滅不成魔。」——〈七十老人自壽〉五六八頁。

九，「難中舊本甘焚盡，赦後新詩苦日多。」——〈自嘲〉五六九頁。

十，「焚詩能見否？伯仲喜多才。」——〈祭傅司空〉五七八頁。

十一，「珠海光潛因瘞硯，《瓶梅》香盡久焚書。」——〈夢龔芝麓先生同遊〉六〇三頁。

十二，「焚書不入石渠秘，異域猶憐海岱才。」——〈焚書無存者寄詩志感〉六一六頁。

十三，「名畫墨帖盡汙裂，詩版經難皆爨餘。」——〈作七賦聊以自警〉六二二頁。

上面所引詩的第一句，就洩露了許多秘密。我們新著的「異書」，本來連刪削都用不著，可是還得藏到「二酉」的山洞裏（「大酉山小酉山在湖南，這是打比方）。寫罷「異書」，就得「避地畏人潛姓字」——埋名隱姓逃亡。不然，就難以「辭籠」——等著坐大牢吧。著書要「招謗」，出了書要「焚書」、「焚詩」，連書版也「皆爨餘」——統統被大火燒光。「焚書逸興盡」，父親所憧憬的「暢逸興」，也被秦火焚盡了。這些話，不但充分證明，丁家祖孫所寫的「異書」，就是被明清兩代統治者視為洪水猛獸的《金瓶梅》，也透露出丁耀亢對文字獄的切膚之痛。至於「承恩開詔獄」，「結網聖恩優」等諛詞，同殺頭前高呼「吾皇聖明」，自殺前寫個「萬歲」紙條，藏在口袋裏一樣，不過是政治高壓下為親屬減災的假表態而已。

被磨去的詩中的這兩句：「華表不歸丁令鶴，東武空說九仙巒。」一點明了丁惟寧是《金瓶梅》中「三降塵寰」，續書中「三代化鶴」的丁令威。讓如此犯忌的文字，留在石祠的醒目處，不是等於自投羅網嗎？

至於，另一首被磨去的詩是什麼？估計是王化貞的〈送丁先生藏主山中〉：

仙人乘鶴五雲中，華表歸來息此宮。煙橫野岫閑清晝，花落空庭任晚風。
猶有姓名傳太史，可能杖履對青峰。千秋俎豆人如在，不與平泉金品同。

（鑲嵌在西山牆南端）

詩的意思是：祠主人從華表莊乘鶴而來，看似在青山綠水間，空庭晚風，扶杖逍遙自在，他可不像無所事事、悠遊平泉莊的晚唐人李德裕。丁先生是有為而隱。他的名字足可傳青史，人們會千秋萬代祭奠他。為什麼可傳青史？因為他創作了驚世駭俗的第一奇書。請看，這首詩同樣有「華表歸來」「仙人乘鶴」的字樣，與磨去的那首非常接近，簡直像同題作文。既然洩露的秘密同樣多，自然難逃同樣的厄運。至於現存祠內的另外幾首比較露骨的詩文，則是後來與磨掉的這兩首詩一起補刻上去的。

需要補充說明的是。丁惟寧既然預料到，他的「異書」會遭到查禁，為什麼不在鐫版之前將書稿的所謂淫穢文字清理乾淨呢？筆者一直認為，那些繪聲繪色的床笫描寫，以及少量的「吳楚蠻語」，並非出自丁惟寧的手筆，而是唯利是圖的書商利誘無聊文人的「創作」。理由有三：

第一，《金瓶梅》上卷中，淫穢文字，簡直隨處可見，描寫纖毫畢現。而下卷，卻潔淨得出乎意料。本應略加鋪陳的地方，也一筆帶過。一個作家的作品，前後風格如此不一致，顯然是不近情理的。

第二，如將書中的淫穢文字刪去，上下文仍然十分連貫。足證，大量色情文字，是別人後來加上去的。

第三，據研究者考證，金書的最初手抄本，就有董其昌、王世貞、王稚登、邱志充等人從諸城得到過。丁惟寧剛剛完成了上卷書稿，有人不僅借去「拜讀」，而且偷偷做了抄錄。那位給異書添加色彩的奇人，分明也是只看到了前半部，於是在上半部施粉加黛，盡力「做戲」，後半部卻得以倖免。就是這樣，已經讓作者百代蒙羞，使傳世傑構至今遺玷。閱讀警世奇書也成了少數人的特權，簡直是罪莫大焉！

這個觀點，原中國文化部副部長、中國國際文化交流中心副理事長陳昌本先生為拙著長篇小說《仰止坊》作序時，作了更加雄辯地闡述。

如果有人不同意奇書曾被竄改，只要將萬曆本和崇禎本加一對照便可看出，包括回目在內，兩者多有差異。內容被人動過手腳，不更是難以避免的事嗎？

二〇一〇年五月十三草稿，二〇一〇年七月三十一改定。

華表不歸丁令鶴　東武空說九仙巒
——丁耀亢對《金瓶梅》的傑出貢獻

《金瓶梅》第一百回臨近全書結尾處，寫到普淨幻化孝哥兒：「這普淨老師，領定孝哥兒，給他起了個法名——明悟，作辭月娘而去。」吳月娘「不覺扯住，放聲大哭起來。老師便道：『娘子休哭，那邊又有一位老師來了。』哄得眾人扭頸回頭，當下化陣清風不見了。」正是：「三降塵寰人未識，倏然飛過岱東峰。」

普淨要領著孝哥兒出家，卻突兀地冒出「三降塵寰」兩句詩，不僅違反小說創作規律，也令人費解。但四百年來，竟沒有人懷疑這不合邏輯的突兀插入，也沒有人深入探討其中所蘊含的深意。直到上個世紀末，丁其偉先生等提出了《金瓶梅》「三代寫書」說，方才引起人們的注意。但寫書的丁氏祖孫，為什麼要寫這部書，在這部大書中，祖孫三人各扮演了什麼角色？即各擔當了什麼任務，仍然是語焉不詳。經過本人初步研究，曾作出如此推斷：丁純出於對社會黑暗的不平與憤慨，從而萌發了創作衝動，決定攘暴擊貪，痛加抨擊揭露，於是構思了一部「挑簾裁衣」詞話，但並沒有完成。是丁惟寧繼承父志完成了全書，並定名為《金瓶梅詞話》。丁耀亢成年後，偷偷拜讀「父書」，大為驚訝與嘆服，進行了一些補充訂正後，背上書稿遠去江南姑蘇，請高手鐫板印刷。這一點，在拙著傳記體小說《仰止坊》裏，作了詳細地披露。

進一步地研究發現，丁耀亢對於《金瓶梅》的貢獻，絕不僅只是「訂正」、「鐫版」。他為「家傳異書」，費盡心血。下面就幾個方面分別論述之。

一、誤讀父書成趙括

丁惟寧去世於萬曆三十九年（一六一一），五子丁耀亢時年十二歲。惟寧臨死前，將凝結著半生心血的《金瓶梅》書稿，交給愛妾田氏妥為保存，不讓輕易示人。丁耀亢幼年雖然一直在父親身邊生活，但父親寫的作品，根本不可能讓他看到，也不會告訴他書寫的內容。母親識字解文，自然知道丈夫在寫什麼。好奇之心人皆有之。孀居寂寞。當書稿交到她手裏時，她很可能偷偷閱讀。但對於孩子成年前，不能讓他看到的丈夫囑託，絕不會有半點違忤。完全可以斷定，丁耀亢在行了成人禮，即結婚之後，才看到父親的「異書」的。可以想見，一個初為人夫、血氣方剛的男子，讀了常常寫到人情冷暖、市井百態、男女情愛、特別是床笫顛狂等文字，肯定愛不釋手，嘖嘖稱奇。時而驚詫，繼而嘆服，深感先輩們閱世之深，愛憎之明，匡世之切，文筆之精。在閱讀過程中，發現文稿中有文字及年月、事實方面的錯訛，便隨手做了訂正。特別是對於父親有所忽略的回目名字，更是逐一作了加工潤色。難怪，他始終把自己看成是《金瓶梅》的作者之一。

我們說丁耀亢讀到的父書是《金瓶梅詞話》是有根據的。他在《續金瓶梅後集》凡例中寫道：「小說類有詞話。前集名為《詞話》多用舊曲。今因題附以新詞……」

他在「凡例」中多次提到「前集」。在《續金瓶梅》結尾處，又稱「前部」。「前集」也罷，「前部」也罷，並非是說續書分前後集。續書僅有六十四回，根本不分前後集。而是指父親寫的《金瓶梅詞話》。他將「父書」稱作「前集」或「前部」，分明是把前集和續書，看成一個整體。他不僅明指「前集」是《詞話》，而對「前集」中錯訛的文字，不對稱規範的回目一一作了訂正。他在續書的「凡例」中點明，對「前集」曾「題附以新詞」，便是明證。他所「題附」的新詞，不僅對仗規範，平仄嚴整，而且增加了抑揚鏗鏘的韻律美，前後集的風格也更加統一。

丁耀亢雖然屢試不第，仕途蹭蹬，但他滿腹經綸，才華橫溢，在歷史、詩詞、劇本、散文、小說諸方面，都有著深刻的造詣。筆者在熟讀《丁耀亢全集》後，甚至感到，他的文采和知識面，絲毫不亞於乃父。加之性情剛毅直爽，看到「父書」中有不對仗合轍的回目，錯漏的文字，不完美的敘述或描寫，他不會熟視無睹，輕易放過。使「父書」更加完美，是作為人子、又是作者之一，義不容辭的天職。

自明代以來，《金瓶梅》是一部長期遭到查禁的所謂「淫書」。就像眼下越是遭到封殺的圖書甚至違禁出版物，越容易引起人們的興趣，成為搜羅傳播的寶貝一樣。當年，遭到查禁焚毀的《金瓶梅》，不但沒有被禁絕，而且成了權勢者饋贈的重禮，有幸獲得者的枕畔秘笈。更成了有眼力的書商發財的捷徑。於是，重金聘請有才華的文人和畫家，加入色情文字的「全本」，各種「繪圖本」便應運而生。雲遮霧罩，真偽莫辨，使人弄不清，哪個是丁氏的原作，哪個是經過篡改的贋品。給研究者也帶來很多困難。

筆者認為，一九三二年在山西介休發現的《金瓶梅詞話》，更接近丁氏的原作。理由是：

根據張清吉先生的考證，當初流傳在外的詞話手抄本，最先有四人得到：董其昌、王世貞和邱志充。另有一本為山西太原王稺登所得。「杜氏丁公祠」內那幅題著「羲黃上人」四個剛勁大隸書的橫匾，就是他的手筆。祠內還有一塊碑，刻了他的一首詩：〈贈丁道樞九仙五蓮勝概遙寄小詩一首〉，對九仙別墅周圍的景色極盡謳歌之能事。尾聯為：「晝眠夢晤安期語，翹首儋州鶴使逢。」不僅傾吐了對丁惟寧的思念之情，而且稱丁為「儋州鶴使」，更是暗蘊著對《金瓶梅》作者的肯定。因此，筆者認為，山西發現的本子，什九是根據王稺登的那部稿子刊刻的。

另一部，有欣欣子序，廿公跋，東吳弄珠客序的刻本，署明年月為「萬曆丁巳」（一六一七）。而丁耀亢到江南為父親刻書的時間是兩年後，說明是他改訂完了才去江南刻印的。據此可以斷定，前者接近丁家的原作，後者更可能是丁耀亢的「勘定本」。後來流傳最廣的是張竹坡評點的《第一奇書金瓶梅》，應該是根據勘定的本子，進行評點的。

對照《詞話》本和丁耀亢改定的萬曆丁巳本，兩書不僅內容有不少的訂正，詞話說唱成分被大大減弱。凡是唱曲的地方，詞話本多存唱詞，改訂本只點出曲牌和第一句唱詞。無關緊要的人物略去了，不必要的枝蔓砍掉了，使故事更加緊湊，更加符合小說創作的美學要求。一些明顯的破綻作了修補，某些結構也做了改動。回目的差異更大。筆者統計了一下，回目沒有改動的僅有十五回，其餘的不是改動全聯，就是改動一個或幾個字，說明丁耀亢投入了巨大的心血。正如黃霖先生所說：「改定者絕非是等閒之輩，就其修改的回目、詩詞、楔子的情況看來，當有相當高的文學修養。」下面僅舉幾個回目的例子，便知言之不謬：

第一回：景陽岡武松打虎，潘金蓮嫌夫賣風月。（原文）

西門慶熱結十兄弟，武二郎冷遇親哥嫂。（改詞）

第二回：西門慶簾下遇金蓮，王婆子貪賄說風情。（原）

俏潘娘簾下勾情，老王婆茶坊說技。（改）

第五回：鄆哥幫捉罵王婆，淫婦藥鴆武大郎。（原）

捉姦情鄆哥定計，飲鴆藥武大遭殃。（改）

第八回：潘金蓮永夜盼西門慶，燒夫靈和尚聽淫聲。（原）

盼情郎佳人占鬼卦，燒夫靈和尚聽淫聲。（改）

第十八回：來保上東京幹事，陳經濟花園管工。（原）

賄相府西門脫禍，見嬌娘經濟銷魂。（改）

第四十四回：吳月娘留宿李桂姐，西門慶醉拶夏花兒。（原）

避馬房侍女偷金，下象棋佳人宵夜。（改）

第五十八回：懷妒忌金蓮打秋菊，乞臘肉磨鏡叟訴冤。（原）

潘金蓮打狗傷人，孟玉樓周貧磨鏡。（改）

第七十九回：西門慶貪慾得病，吳月娘墓生產子。（原）

西門慶貪慾喪命，吳月娘喪偶生兒。（改）

第八十一回：韓道國拐財遠遁，湯來寶欺主背恩。（原）

韓道國拐財倚勢，湯來寶欺主背恩。（改）

第九十八回：劉二醉罵王六兒，張勝忿殺陳經濟。（原）

劉二醉罵王六兒，張勝竊聽陳經濟。（改）

例子不勝枚舉。只要稍加比較，便可看出，《前集》回目的的對仗既不規範，平仄也不太注意。如第八回，「潘金蓮永夜盼西門慶」等，不僅不對仗，還有散文化的傾向，與別的回目很不協調。難怪，丁耀亢將百分之八十以上的回目都作了改動。使之對仗嚴謹，韻律講究。還有許多改動，使得回目與內容更加吻合。如第一回聯語全部改動，不僅對仗工整得多，將西門慶的十個結義兄弟，與武松潘金蓮作了對應，對全書也有提綱挈領的作用。有的僅僅改動一兩個字，不僅更符合本回內容，也更加生動傳神。足見，丁耀亢對回目下了很大的工夫。

有人或許要問，怎麼能斷定那些改動的回目，是丁耀亢幹的呢？根據是：上面提到，丁耀亢自己陳述說，對不滿意的地方「題附以新詞」，即改成新的詞彙。從上面的例子可以對照，更改後的回目多麼整齊對仗，富有韻味。從他的《續金瓶梅》的回目也可看出，兩者的風格手法是多麼的相似。試舉幾例：

第一回：普淨師超劫度冤魂，眾孽鬼投胎還宿債。
第四回：西門慶望鄉台思家，武大郎酆都城告狀。
第十八回：吳月娘千里尋兒，李嬌兒鄰舟逢舊。
第三十二回：拉枯樁雙嫗夾攻，扮新郎兒女交美。
第四十五回：鄭愛香傷心烹雞，應花子失目餵狗。
第六十回：面前母逐親兒去，衣底珠尋舊主來。

請看，此等回目，規範貼切，幽默生動，不是有相當功力的高手編得出來嗎？而如此高手面對著不生動規範、甚至與內容不貼切的回目，會無動於衷，甚而輕易放過嗎？而只有作了全面的梳理和統一，才更符合一部大書前後集規範統一的要求。因此，我們斷定是出自一個人的手筆，毫不牽強。

前面提到，丁耀亢不僅幾乎全面改動了《前集》的回目，對書中的內容也多處作了加工訂正。如對有些重要人物出場先後次序作了改變，應伯爵、花子虛、李瓶兒等，《詞話》本中第三回才出場，而在改訂本中，不是第一回就出場，就是作了交代。西門慶的貼身小廝也提前在第一回出場。

此外，對人物形象的塑造，也作了改動和潤色。《水滸傳》中說西門慶「從小是一個奸詐的人。」《詞話》寫道：

從小也是個浮浪子弟，使得些好拳棒，又會賭博，雙陸，象棋，摸牌，道字，無不通曉。

改訂為：

一個風流子弟，生的狀貌魁梧，性情瀟灑。饒有幾貫家私，年紀二十六七。就這清河縣前，開著一個大大的生藥鋪。現住著門面五間到底七進的房子，……這人不甚讀書，終日閒遊浪蕩，一自父母雙亡後，專一在外眠花宿柳，惹草招風。學得些好拳棒，又會賭博。

詞話本緊接著寫西門慶：「調占良人婦女，娶到家中，稍不中意，就叫媒人賣了，一個月倒在媒人家去二十餘遍。」這段誇張漫畫化的描寫，被丁耀亢刪去，加上了相貌性格的描寫，使浪蕩子的形象更加複雜和生動。

寫到潘金蓮，原本是這樣描寫：

這婦人每日打發武大出門，只在簾子下嗑瓜子，一徑把那一雙小金蓮露出來，勾引得這夥人日逐在門前彈胡博詞，杈二難，口裏油似滑言語，無般不說出來。

丁耀亢改成了：

那婦人每日打發武大出門，只在簾子下嗑瓜子，一徑把那一對小金蓮故露出來，勾引浮浪子弟日逐在門前彈胡博詞，撒謎語，叫唱：一塊好羊肉，如何落在狗口裏！油似滑言語，無般不說出來。

改動雖然不大，浮浪子的嘴臉曝露無遺。

全書改動的地方很多，在後來的刊刻翻印過程中，肯定還會被人添油加醋。至於都加上了些什麼，已經無法弄清。但筆者認為，是經過《續書》作者的刪改潤色，方才如此生動準確、搖曳生姿，肯定不是毫無根據的臆測。

二、為斥貶語寫跋言

將「家傳異書」全面勘定之後，萬曆庚申四十七年（一六一九），丁耀亢背上書稿，去姑蘇為《金瓶梅》鐫板。

據史料記載，他在安排好了刊刻時宜後，立即去松江華亭拜訪董其昌。董其昌大名鼎鼎，詩書畫皆精，但仕途並不順暢。據《明史》記載，屢屢「深自引遠」。董其昌的祖籍是山東萊陽。據《萊陽董氏族譜》記載。他的始祖董三賓，「從明太祖起兵，天下甫定，分屯蘇州衛。」另有一支「卜地」松江華亭。董其昌就是這一支的後人。丁耀亢為什麼迫不及待地要去華亭拜訪董其昌呢？原來，丁惟寧在世時，董其昌到諸城（舊稱東武）拜訪過丁惟寧，不僅交遊時間不短，而且參加了「東武八友詩社」。兩人成為詩酒唱和的好朋友。上面提到，董其昌是得到《金瓶梅》手抄本的少數人之一。他得到手抄本時，丁惟寧肯定向他求過序。估計他不會不答應。不知是因為丁惟寧去世過早，還是別的原因，反正他沒有及時兌現。他與丁家算得是世交。丁耀亢的不期而至，董其昌很可能認為，這位不速之客是來請教應制之道的，即如何讓仕進通達。不料，他別有所求——為《金瓶梅》求序來了。

中國文化界，歷來有向名人求序的傳統，至今盛行不衰。《金瓶梅》的第一篇〈序〉，署名「欣欣子」。據考證，作者是青州的鍾羽正。是丁耀亢的父親求來的。鍾羽正萬曆八年進士，官至工部尚書。由於清廉耿介，多次劾倒貪賄玩忽的循吏，並敢於向皇帝進諫，曾遭到「奪俸」，直至罷官的「恩寵」。居鄉賦閑，長達二十九年。晚年被重新起用，依然不改初衷。看不慣昏君佞臣的尸位素餐，貪賄自肥，依然秉忠直諫。朝廷自然仍然容不上他，再次被褫奪官職，逐回家鄉。在歸耕期間，與丁惟寧結識，過從甚密，成為契友。從他寫的〈序〉中可以看出，他對丁惟寧可謂極盡謳歌褒揚，堪稱是惺惺相惜。

對於在東武居停許久的大名人，並且得到了手抄本的董其昌，丁惟寧向他求序理所當然。估計，董其昌早有許諾，只是南歸後，沒有踐約而已。當丁耀亢專程登門向他求序時。他才交出了一篇署名「東吳弄珠客」的短序。細按文字，他不僅不像交口稱讚的「欣欣子」，而是明顯露出非議與無奈。一起筆就是：「《金瓶梅》穢書也」！後面巧妙地用了曲筆，仍然可以看出他的「亦自有意」。試看全文：

《金瓶梅》，穢書也。袁石公亟稱之，亦自寄其牢騷耳，非有取於《金瓶梅》也。然作者亦自有意：蓋為世戒，非為世勸也。如諸婦多矣，而獨以潘金蓮、李瓶兒、春梅命名者，亦楚《檮杌》之意也。蓋金蓮以姦死，萍兒以孽死，春梅以淫死，較諸婦為更慘耳。借西門慶以描畫世之大淨（大花臉），應伯爵以描畫世之小丑，諸淫婦以描畫世之醜婆，淨婆，令人讀之汗下。蓋為世戒非為世勸也。余嘗曰：讀《金瓶梅》而生憐憫心者，菩薩也；生畏懼心者，君子也；生歡喜心者，小人也；生效法心者，乃禽獸耳。余友人儲孝秀，偕一少年，同赴歌舞之筵。衍（演）至霸王夜宴，少年垂涎曰：「男兒何可不如此！」孝秀曰：「也只為這烏江，設此一著耳。」同座聞之，歎為有道之言。若有人識得此意，方許他讀《金瓶梅》也。不然，石公幾為導淫宣慾之尤矣。奉勸世人，勿為西門之後車可也。

萬曆丁巳季冬東吳弄珠客漫書於金閶道中。

序言開宗明義，第一句便給《金瓶梅》下了斷語——「穢書也」。分明感到結論下得太武斷，立即予以轉圜，借大才子袁宏道之口，「亟稱之」。這裏用的是曲筆。但又很不以為然，反覆強調「蓋為世戒，非為世勸」。他認為作品中主要人物的為人行事，世人不僅不可效法（世勸），他們的悲慘命運，更是讓世人驚恐惕厲（世戒）。對於內容極其豐富，反映社會人生無比絢麗多姿的生動描繪，統統沒有看到，看到的只是荒淫淒慘與不幸。把作者的心血，僅僅看成是「只為這烏江，設此一著」。擔心有人不善讀《金瓶梅》而成為袁石公「導淫宣慾」的俘虜。如此的評價，不僅曝露了他的擔心，對於朋友的巨著，評價也極為偏頗與不公。而仔細品味，寫序人還有躲之惟恐不及的恐懼感。

雖然仁者見仁，智者見智。但可以想見，丁耀亢拿到這位前輩的序言，一定很不以為然。他會立即想到父親的另一位老朋友「欣欣子」的序言。而早在此之前，欣欣子為《金瓶梅》寫的序，他爛熟於心，幾乎能一字不易地背誦。那完全是另一種態度。其中有這樣一段話：

吾友笑笑生為此，爰傾平日所蘊者，著斯傳，凡一百回。其中語句新奇，膾炙人口，無非明人倫，戒淫奔，分淑嫕，化善惡。知盛衰消長之機，取報應輪迴之事，如在目前始終。脈絡貫通，如萬系迎風而不亂也。使觀者庶幾可以一哂而忘憂也。

……此一傳者，雖市井之常談，閨房之碎語，使三尺童子聞之，如飫天漿而拔鯨牙，洞洞然易曉。雖不比古之文集，理趣文墨，綽有可觀。

欣欣子不僅對《金瓶梅》的內容，作了全面而深刻地褒揚，稱它可以「明人倫，戒淫奔，分淑嫟，化善惡，知盛衰消長之機，取輪迴報應之事，如在目前始終」；其對作品膾炙人口、「語句新奇」的恣肆文采，脈絡貫通、條理清晰的結構藝術，「理趣文墨，綽有可觀」等，都作了充分地肯定。甚至稱，三尺童子聞之，都像飫（暢飲）天漿、拔鯨牙一般，立即醒悟，並陡增辨別善惡的能力。這是何等高的評價！

兩相比較，可謂天差地異！但作為求序者，何況又是晚輩，丁耀亢不僅不能當面指疵，也不會露出不快的神色。只能唯唯而退，思考補救的完全之計。

權衡再三，索性自己撰了一段〈跋〉，附在書尾，「特為白之」。他的〈跋〉，是這樣寫的：

《金瓶梅傳》為世廟時一巨公寓言。蓋有所刺也。然曲盡人間醜態，其亦先師不刪《鄭》、《衛》之旨乎！中間處處埋伏因果，作者亦大慈悲矣。今後流行此書，功德無量矣。不知者竟目為淫書，不為不知作者之旨，並亦冤卻流行著之心矣。特為白之。

廿公書

這個〈跋〉，與東吳弄珠客的〈序〉，可謂南轅北轍，針鋒相對。丁耀亢是性情中人，他為人質樸豪爽，表裏如一。儘管是長輩，又是父親的好朋友，一旦寫出了有違異書真實主旨和忽視其高超藝術水平的評語，他是不能容忍的。據記載，有一次，他與一位姓丘的朋友閒談，言語齟齬，爭吵起來，他竟然拔劍相向，朋友嚇得急忙逃走，他追出去很遠。對於不能正確理解家傳異書，甚至有所誤解貶抑的評論，絕不保持沉默，便是「木雞道人」丁野鶴的天性。何況他是異書的作者之一！

三、雲龍潛蹤留碣語

作為父親的好朋友，又是大學問家的董其昌，居然不能全面準確地理解，「家傳異書」「蓋有所謂」的苦衷，對它的「滿紙雲霞」，居然不置一詞。當時流傳在江南一帶，對異書褒貶不一的流言，以及異書的作者是李漁或王世貞的傳言，丁耀亢不會不聽到。他肯定會擔心，那股偏頗貶抑的暗流，對於父祖的傳世偉業，是極大誤解和損害。那不僅是對家傳異書的貶抑，對撰寫人也帶來極大的詆毀。父祖耗費數十年心血創作的異書，也將成為他人的成果。他豈肯罷休？必須採取一切措施進行抵制消弭。

他採取的第一個措施，是留下真正作者的身世，而又巧妙掩藏，使之雲龍見首不見尾，不為多事者所偵知。

風流倜儻、才華橫溢如丁耀亢者，在為文稿中紛繁生動的社會生活、吉凶禍福擾攘的人生所愓厲和感動時，肯定會嘆服父輩觀察社會人生的銳敏，體察人生三昧的深刻獨到，感人傷時的悲憫，狀物寫人的恣肆文筆。從而慨歎，不書真實姓名，實在是天大的遺憾。然而眾口如潮，文網如織，又不能不防備蒞禍於萬一。而如此波瀾層生、雲霞滿紙的好書，怎可不知是哪位君子的手筆？又怎能讓他人占去著作之名！經過一番苦苦思索，想出了一個巧妙的辦法——幻化。他借助《搜神記》的故事，構思了一個假託幻化的故事，寫入續書之中，並在父親的書中加入兩句詩，透露個中信息。庶幾功德不被淹沒，真面又不會曝露。於是，在《金瓶梅》第一百回末尾，便出現了上面提到的那兩句「碣語」：

三降塵寰人不識，倏然飛過岱東峰。

真難為了這位孝子。他既要費盡心機為「笑笑生」「真事隱」，而又巧妙地為父祖留其真。前集裏的這兩句詩，估計就是此時添加進去的。

後來，他又在自己的續書中，在《續金瓶梅》六十二回，也是接近全書結尾的地方。把那個幻化的故事，詳細地寫了出來。故事是這樣的：

東漢年間，遼東野鶴縣華表莊，出了個神仙丁令威。學道雲遊，久不回鄉。到了晉末，忽然在三丈餘高的華表石柱上，落下一隻朱頂雪衣白鶴。不飛不起，磚石弓箭也不能近它。人們都敬它是神仙托化來此度人。八月中秋半夜，忽然化一道人，歌曰：「有鳥有鳥丁令威，去家千歲今始歸……」向街頭大叫道：「五百年後，我在西湖坐化。」南宋年間臨安西湖，有一鍛鐵匠人自稱丁野鶴。棄家修行後，自稱紫陽道人。騎上庵門外的一隻鐵鶴，過江去了。至明末，東海有一人名姓相同，罷官而去，也自稱是紫陽道人。

這個故事，生動地解釋了「三代化鶴」的碣語。《續金瓶梅》第六十回，開篇詩是這樣寫的：

一臥西湖夢欲醒，宋家煙雨隔南屏。
君臣不灑江山淚，駝馬常流草木腥。
說鬼偶然殘脈望，傳經誰可聽伽楞。
紫陽問道無餘答，止記前身鶴是丁。

詩的前兩聯，是寫南宋朝廷君庸臣嬉，胡馬隨處留腥羶。說鬼傳經不是異書的目的，創作異書者，乃是自稱紫陽道人的丁令威。這裏清楚地點出，今天的丁野鶴，就是隱居西湖的紫陽道人，也就是遼陽的丁令威。到了六十二回，丁耀亢寫完了三代化鶴的故事，立即寫了下面這首詩：

坐見前身與後身，身身相見已成塵。
亦知華表空留語，何待西湖始問津。
丁固松風終是夢，令威鶴背未為真。
還如葛井尋圓澤，五百年來共一人。

這首詩，寫得更加顯露。其實，「坐見前身與後身」也罷，華表柱頭高唱也罷，騎上鐵鶴飛升也罷，都不過是夢幻前塵。圓滿的答案只有一個，「五百年來共一人」。《金瓶梅》的作者，不姓王，也不姓李，乃是「一人」——丁家的三代祖孫。

作了如此顯露的陳述，丁耀亢似乎仍然擔心人們猜不透他的苦心隱藏。索性在書尾又加印了一幅畫——「丁紫陽鶴化前身圖」，再加暗示。畫面上一位三髯老者，坐在一塊矗立於蒼松之上、宛如海濤捲雲的巨石上，注目遠望。面前有一隻仙鶴，翩躚翱翔。背後站立一位垂髫童子，肩背琴袋和一綑圖書。十分生動形象地展示了「三代化鶴」的構思。據分析，雲端飛翔的仙鶴是丁純，中間作者是丁惟寧，童子就是丁耀亢。他背負的書籍，顯示異書是傳到了他的手裏。而那琴袋裏面的古琴，應該就是丁純傳給兒子、兒子又傳給孫子的家傳琴藝。或許還有讓不朽的《金瓶梅》，像優美繚繞的琴音那樣，在世間千秋萬世流傳不歇的深義。

除了自己寫〈跋〉進行辯誣，他在撰寫的詩文中，更是反覆表白自己就是三代化鶴的丁令威。在海島上避難，栽下幾株松樹，他寄詩友人，聲稱自己是待訪的「遼鶴」：在朋友的酒會上，寫一首贈詩，懷念朋友，發抒感慨，也不忘展示自己的「身世」。請看他詩中透露的信息：

（選自《丁耀亢全集》上）

栽松本為投林計，種黍原無出仕心。
巢就尚容遼鶴訪，蔭成應作水龍吟。（二二七）
遼陽無用歎知稀，久被人呼丁令威。（二四五）
遼陽鶴喚開丹嶠，楚水龍游駕彩虹。（三三〇）
雲度遼陽紫氣高，白鸞聲裏聽笙璈。（三三二）
安得林逋鶴，吳山訪化身。（二六八）
剩有遼陽鶴，相期海上回。（四四五）
華表暫回千載後，丹砂高於五雲中。（四八六）

華表化身曾夢鶴，濠梁同樂始知魚。（五二六）
畫錦歸來剩有春，遼陽鶴化宰官身。（五七六）

例子俯拾即是，前面的文章中列舉了不少，不再贅述。

統觀丁耀亢的詩文，對仙鶴端的是情有獨鍾，比附頌揚連篇累牘，連自己的號也稱野鶴。直接間接申明自己「身世」的詩作，同樣數不勝數。而「吳山訪化身」一句，再次點到第二次在「西湖坐化」的碣語。這絕不是偶然的傾吐，而是有著深刻的含義。儘管這樣，他仍然感到不夠，還要擴大宣揚的力度，讓更多人瞭解他丁家的不朽業績。值得玩味的是，丁耀亢不僅為自己取號野鶴，紫陽道人，而且成了白鶴迷。仙鶴成了他心中的神祇，鶴鳴等同他的歌吟，鶴魂就是他的靈魂。終其一生，時時歌鶴，處處頌鶴，不厭其煩地一再表白自家祖孫三代，就是遼陽丁令威化身的「丹頂雪衣」仙鶴！

四、吳江乞詩頌遼鶴

為了刊刻《金瓶梅》丁耀亢在吳江滯留近兩年。在指導刻書之餘，他廣交朋友。與當地詩人結詩社，探討學問。詩酒唱和之餘，一再詳細介紹東武九仙山的奇峰異岫，旖旎風光。對於「杜氏丁公祠」興建的原委，特別是祖父和父親寫異書的來歷，更是不厭其詳。他把王化貞撰寫的〈杜史丁公石祠記〉，北方朋友寫下的謳歌石祠的許多詩文，以及父親的〈山中即事〉三首詩，也帶到了吳江，一一向朋友展示。目的不僅是爭取更多朋友瞭解「蘭陵笑笑生」的秘密，更為重要的是，向朋友們求詩求字，以謳歌和褒揚父祖的業績。從朋友的贈詩中清楚地看出，他們根本沒有到過東武，但對九仙山的風貌，丁公祠的來歷，丁令威的掌故，卻了然於胸。證明上面的說法，不是空穴來風。石祠碑刻上，有長洲徐升寫自虎丘的贈詩。詩後有詩人的自述：

> 西生兄來自密（諸城舊稱密州），問奇虎丘。首謁陳古白兄，升以是識西生。（丁耀亢字）出尊人柱史公九仙山石祠記乞文古公，繆及不肖。不能辭，勉就一章以報。不足存之。

這裏說得再清楚不過，丁耀亢到達蘇州虎丘後，首先認識了陳古白。陳又介紹他認識了徐升。丁耀亢把〈石祠記〉等詩文讓陳古白看了，殷勤「乞文」，同時「繆及不肖」。徐升不僅寫了一首長詩熱情謳歌，而且，親筆將詩作炒出交給了乞文者。丁耀亢帶回諸城後，跟別的詩文一起，立即勒石刻碑，鑲嵌於祠堂的牆壁之上。請看徐升詩的全文：

琅琊雄峙枕大海，九仙群飛躍靈彩。峰峰奇秀結雲門，東來紫氣真人在。
令威翩翩一柱史，早薄榮名謝天子。自是君身有仙骨，洗耳浮丘酌泓水。
瓊宮窈窕侶天開，丹楹不琢石無災。飄渺方壺出神手，蓮華為洞雲為台。
柱史婆娑一片石，芙蓉高搴布瑤席。碧山一笑別有天，閬風飄此禦巾舄。
俠君家世籍金紫，使君高風揖園綺。芝田瑤草春斑斑，石祠千載爭仰止。
丁次君生生絕奇，煙標月格青雲姿。一鞭萬里自江北，踏遍江南問所知。
看君意氣罕其匹，與君立談負紅日。公子天涯本絕倫，高士山中推第一。
去年君行雪作花，今年君歸雨打茶。袖中一匹九仙絹，到處乘風弄紫霞。

詩篇一開頭，就頌揚丁家的原籍是琅琊。而石祠所在地九仙山，群峰摩雲，紫氣東來，非同尋常，說明這裏有「真人」在隱居。那就是做過柱史的丁令威。他對浮華的榮名不以為意，辭別朝廷歸來。柱史公身有仙骨，而且在浮丘的「泓水」裏，洗盡耳朵裏的俗世雜念。接著宣揚瓊宮般的石祠，丁家「籍金紫」的家世。「石祠千載爭仰止」一句，透露出，君家「不朽業」的端倪。接著讚揚丁次君（耀亢）「煙標月格」般的「青雲姿」。詩篇除了頌揚丁家「次君」天涯絕倫的才華。還透露了他在姑蘇逗留的時間，頭年早春飄雪的時間到的，今年是雨季才離開的。耐人尋味的是末聯：「袖中一匹九仙絹，到處乘風弄紫霞。」「九仙絹」無疑就是含蓄地點出了《金瓶梅》，而印出書稿後，自然是到處流傳，「乘風弄紫霞」了。

徐升的詩作，對丁家的讚美褒揚，可謂不遺餘力。此外，丁耀亢，還向其他的江南朋友乞文。丁公石祠的碑刻，完整地鐫刻著喬師稷、魏天斗、錢允汜、薛明益等人的詩作。魏天斗的〈柱史丁先生大隱祠〉是這樣寫的：

先生耽隱入深崖，東海風清釣渭台。心賞已孤天外侶，文章豈羨洛中才。
泉鳴澗石遺珂跡，月滿松蘿得句懷。莫訝千秋高士逝，數聲白鶴下凡來。

喬師稷的〈題丁侍御先生石祠〉：

舊掌烏台繡斧寒，高風如今畫圖看。扶將鳩杖閑驄馬，披得羊裘掛炙冠。
華表不歸丁令鶴，東武空說九仙巒。已知世德清如水，玉樹森森秀可餐。

長洲錢允汜寫的是〈石屋次丘明西韻〉：

天成石室類禪關，簷蒙浮雲去住閑。風送濤聲山如應，煙籠百色竹松般。
坐來伏熱渾無暑，笑指仙山別有寰。我欲吹簫乘鶴去，相期黃石白雲間。

吳門薛明益〈次張獻之題石屋原韻〉：

片石覆成屋，懸瓠掛此間。綠蔭敷曲澗，紅葉滿空山。
日月遞催速，乾坤任等閒。神遊東海畔，羨爾舞斑斕。

還有一些詩，仍然可能是南方朋友的作品，因沒有注明籍貫，一時查不到根據，暫付闕如。

僅從上述題詠可以看出，他們雖然提到丁惟寧「舊掌烏台」的輝煌，但都把讚美和激情，用到了石祠（石屋）上。區區石祠，有何值得如此傾情謳歌？因為那裏有「白鶴下凡」。倘若沒有華表歸來的「丁令鶴」，便有極大的遺憾：「東武空說九仙巒」。九仙山的分量，至少是要大打折扣。因為，有「下凡的白鶴」，在那裏「舞斑斕」。「耽隱的先生」在那裏隱居，泉鳴留跡，月下得句。寫出的文章，自然是不「羨洛中才」……

贈詩還透露了另一個信息，他們不僅看到了〈柱史丁公祠記〉和丁惟寧的詩作，而且看到了一些北方名流為石祠撰寫的詩文。錢允汜的〈次邱明西韻〉，薛明益的〈次張獻之題石屋原韻〉，足證丁耀亢不僅把〈石祠記〉帶到了南方，許多北方朋友的詩文他也帶了去。讓新結識的朋友，共享父輩寫書的甘苦，與超塵脫俗的人生價值。

江南朋友的贈詩，雖然不能直書作者的姓名，但含蓄地頌揚卻不遺餘力。對於丁耀亢求詩的衷曲，心領神會，傾情謳歌。難怪丁耀亢得到這些寶貴的詩作和墨蹟，如獲至寶，不僅立即帶上返回諸城，而且把技藝高超的姑蘇刻工吳尚端，也一起帶了回來。鳩工選材，把搜集到的墨蹟，一一刻碑，鑲嵌到石祠的牆壁之上，給後人留下了今天能夠看到的諸多寶貴文物。

五、刻碑續書頌祖德

矗立在九仙山柱史丁公石祠前的仰止坊橫額記載，牌坊建於明萬曆三十八年（一六一〇）孟冬。柱史丁公祠，建於萬曆三十六年。（一六〇八）三年後丁惟寧去世，第二年，他的神主被長子耀斗迎於石祠享祭。石祠修建之初，除了門額，祠內四壁空空，根本沒有別的碑刻。

丁耀亢為了記載家傳偉業，而多方求請，集起了足夠的篇章，才鐫石刻碑，鑲嵌到祠壁之上。證據是：邑人王化貞「頓首拜撰」的、記載石祠修建經過的〈柱史丁公石祠記〉，寫於萬曆四十年，是在石祠建成四年之後，而丁耀亢去江南求詩，是在萬曆四十七年。也就是在〈石祠記〉寫出七年之後。他向江南的朋友出示〈丁公石祠記〉目的非常明顯，讓更多的人瞭解先人們的心血和業績。他在江南得到許多墨寶之後，並帶回刻碑高手吳尚端，方才勒石刻碑。至今完整保留著的〈柱史丁公石祠記〉，是瀟灑的行草。碑文末尾，有一行有別於正文的，工整、古拙的隸體：「吳郡吳尚端摹上並鐫」。另一首關中唐文煥的題詩，同樣有著「姑蘇吳尚端刻」的字樣。這充分證明，祠中刻石完全是吳尚端的作品。有一些碑刻雖然沒有留下這位高手的名字，但細細觀察便知，是受碑石幅面的限制。

據丁公祠所在村莊丁家樓子的老人說，當初祠堂神主兩側，各有一方圓頭石碑，上面分別刻著董其昌和喬劍圃的題詞。令人十分遺憾的是，這兩方石碑，早已蹤影皆無。據說是被軍閥張天佐的副官盜走了。如此說屬實，則石碑仍然有存留人間的可能。如能逃過文革浩劫，保留至今，便有可能再現它的廬山真面目。果真那樣的話，對於研究的缺憾，將是巨大的彌補！

丁耀亢不僅在詩文中不厭其煩地吟詠頌揚「丁令威」，「遼陽鶴」，甚至逕直寫了一部《續書》，為「前集」正名。

丁耀亢是丁惟寧的五子，父親去世時年僅十二歲，算得是個垂髫童子。知書識理母親的諄諄教誨，沒有讓他成為蟾宮折桂的幸運兒，使他終生哀歎，「愧違母教」。但他卻保護和繼承了父祖的著述事業。不僅完成了三代心血《金瓶梅》的鐫版大業，而且寫出了一部《續金瓶梅》，勸善警世，翼聖贊經，並為先人橫遭攻訐的所謂「穢書」正名。

丁耀亢求朋友，走門路，在順治十一年（一六五四），已經五十五歲，方才得到個直隸容城教諭。在那裏，長達五年之久，生活十分拮据。官微俸薄，「敝車疲驢，環堵不完」。住的是牆壁不整齊的房子，出門坐破車騎瘦驢。但「艱危多著書」，就在此時，他完成了劇本《楊椒山表忠蚺蛇膽》和大量詩作，並開始了《續金瓶梅》的創作。

《金瓶梅》結尾處，寫到了眾幽靈隨方托化。幾個主要人物，性別未變，都托生到東京城內。西門慶是沈通家，潘金蓮是黎家，李瓶兒是袁指揮家，花子虛是鄭千戶家，春梅是孔家。《續金瓶梅》則以吳月娘和孝哥母子的離散聚合為主要線索，又增加了一些新的人物，成為故事的框架。小說著力描寫他們托生之後的人生遭際，榮辱浮沉。並用較多的筆墨，描寫宋徽宗被俘，張邦昌東京稱楚王，韓世忠、梁紅玉打敗金兀朮，秦檜勾結金人陷害忠良岳飛等歷史事蹟。褒貶評騭，寄託感慨。續書雖然以宋金戰爭為背景，實則是以金兵的暴行，影射八旗軍的燒殺擄掠。書中，亂世的社會百態，前朝滅亡的歷史教訓，新的勝利者的恣肆暴戾，盡在繪聲繪形的描摹之中。凝史為文，深厚廣闊，洋溢著愛國傷民的激越情懷，富有歷史縱深感。「描摹世態，見其炎涼」，堪稱是一部亂世風俗畫。作品以悲憫之心關注人生，以善惡輪迴警勵世人。在每回的卷首，用《太上感應篇》引入故事。「禍福無門，為人自招；善惡之報，如影隨形」的因果報應思想，貫穿始終。續書作者的名字，署的是「紫陽道人」。由於醞釀的時間很久，成竹在胸，寫的比較順手，長達六十四回、四十萬字的一部續書，在不到兩年的時間裏寫就。書稿臨近結束時，他沒有忘記將「三降塵寰」及丁令威「三代化鶴」的故事插入，將三代人創作異書的信息，巧妙隱藏其中，並與《前集》相呼應。

就在作品將要殺青的時候，直隸容城遭遇特大洪水。他放下創作，全身投入救災之中。由於表現突出，兩位救災大員回京後，褒舉他「哀民忘身，幹練多謀」。他立即被擢拔為福建惠安縣令。年輕時舉業蹉跎，中年進京求官，做足笑臉，尋遍門徑，得來的是「環堵不完」的區區教諭。如今，七品官委任狀在手，竟然不求自至。他滿腹感慨，當即吟了一首〈五律〉：

十年一華表，舊識在遼東。雪鄰成殊眾，雞群為許同。
不逢龍背叟，誰識橘皮翁？願作丹丘侶，高摶向碧空。

他的感慨不是沒有道理，不逢到兩位來自「龍背」大員的舉薦，不知還得在容城跟「雞群」為鄰多久！

但他仍然記掛著「前集」中某些錯訛，如：「年月事故，或有不對者，如應伯爵已死，今言復生，曾誤傳其死，一句帶過。前言孝哥年已十歲，今言七歲離散出家。」但因「客中並無《前集》，迫於時日，故或錯訛，觀者略之。」（載《續金瓶梅後集》「凡例」）這說明，他在容城並沒有帶「前集」。但赴任的上命難違，他只得倉促上路。順治己亥（一六五九年）秋，他登上南下的漫漫長途。是年他已經是六十周歲的老人。經過蘇州的時候，當年的老朋友大都已經過世。物是人非，刻書的行業卻依然繁華。他在那裏刊印了續書和另一部重要的作品《天史》。後者是揭露歷代奸惡之徒的行狀，並輔之以詩文，以誡世人。續書的署名，他用了「丁野鶴」，留下明顯的「化鶴」痕跡。鐫版前，他請幾位南方的新朋友寫了序言。朋友讀了他的新作，極盡讚美之能事。

碧霞洞道人〈序〉曰：

《續金瓶梅》古今未有之異書。正書也，大書也。大海蜃樓，空中樓閣，畫影無形，繫風無跡，齊諧志怪，莊列論理，借海棗之談而作菩提之語，奇莫奇於此。……假飲食男女，講陰陽之報復，因鄙夫邪婦而推世運之生化，滌淫穢而入蓮界，拔貪欲以返清涼。

西湖釣史的《續金瓶梅集》序寫道：

今天下異書如林，獨推三大異書：曰《水滸》、《西遊》、《金瓶梅》者。何以稱夫？《西遊》禪心而證道於魔，《水滸》戒俠而崇義於盜，《金瓶梅》懲淫炫情於色。……《續金瓶梅》者，懲述者不達作者之意，遵今上聖明頒行《太上感應篇》，以《金瓶梅》

為注腳，本陰陽鬼神以為經，取聲色貨利以為緯。大而君臣家國，細而閨壼婢僕，兵火之離合，滄桑之變遷，生起死滅，幻入風雲，因果禪宗，寓言褻昵。於是乎，諧言而非蔓，理直而非腐，而其旨一歸之勸世。此夫為隱言，顯言，放言，正言。而以誇，以刺，無不備焉者也。以之翼聖也，可，以之贊經也，可。

時順治庚子季夏西湖釣史書於東山雲居

據丁耀亢年譜記載，他是順治己亥（一六五六）離開容城南下的。「西湖釣史書於東山雲居」的〈序〉，註明時間是「順治庚子夏」，即丁耀亢南下的第二年。不僅證明續書是在蘇州刻板印刷的。寫序的朋友，包括那位「煙霞洞天隱道人」無疑也是江南人。

另一篇序，署名「南海愛日老人」。有人考證是丁耀亢的侄子丁豸佳。從口氣看不無道理。他在〈序〉中，同樣讚美有加：「紫陽道人以十善菩薩心，別三界苦輪海，隱實施權，遮惡持善。……續編六十四章，忽驚忽疑，如罵如謔。讀之可瞿然而悲，粲然而笑矣。」

古來作序者，雖然免不了著粉施黛，不吝彩聲。但他們往往是造詣高深，棋高一著的高手。他們筆下的序言，不乏公正評騭，真知灼見。能見微知著，給讀者以引導和啟迪。統觀上面三篇序言。不論讚美《續書》是「正書，大書」，「借海東之談而作菩提之語」，「滌淫穢而入蓮界」，還是讚揚續書「遮惡持善」，「諧言而非蔓，理直而非腐」，借《太上感應篇》而作菩提之語，其宗旨只有一個——勸世。

毋庸諱言，丁耀亢為了給《金瓶梅》正名和洗汙，極力強調「父書」的勸世功能，不得不以朝廷頒佈的《太上感應篇》，作自己作品的導引和注腳。如其說是為了「贊經」，不如說是為了護祖。用今天的話說，他是拉大旗作虎皮，給被誣為淫書、穢書的《金瓶梅》，塗上一層保護色。為此，即使傷害了作品的藝術性，他也不予理會。

閑雲野鶴般的「木雞道人」，性情剛直，不善作偽，更沒有多少戒心和機心。他肯定認為，經過如此一番粉飾，他的續書便可以堂而皇之地流傳域內，讓世人傳閱。足見在他的心裏，最為關注的是異書，而不是做官。他沒有去惠安蒞任，便以母老和自己身體有病為由，辭掉了官職。滯留姑蘇，等待書籍印製完畢。然後帶上新書，從江南回到諸城老家。

在江南和回到北方之後，肯定隨手分送了不少散發著墨香的新書。一時間好評如潮，賀友盈門。他志得意滿，認為完成了一件無愧父祖的大好事，也了卻了自己著書匡世的宿願！

康熙四年乙巳（一六六五）八月，嘩啦一聲，冰冷的鐐銬，戴上了他的手腕。他被懵懵懂懂地押送京城，關進刑部大獄，「待罪候旨」。

他做夢也沒有料到，正是他一再粉飾打扮、「繫風無跡」的《續金瓶梅》，給他惹了大禍。有人誣訐他，借寫「野史」描繪宋金之戰，映射攻訐大清朝暴虐無道。

那年月，文字獄猖獗，人命不如草芥。攻訐「聖朝」，無異於謀反。丁耀亢自知大禍臨頭，更擔心連累祖父和父親。雖然兩位老人早已作古，但掘墳鞭屍恐所難免。估計是他趁著兒子玉章進京探監的機會，囑咐他將可能曝露父親寫《金瓶梅》的有關資料儘量藏好，前面提到，丁公祠那半塊碑文的被磨掉，肯定就是這個時候。

丁耀亢入獄的消息，驚動了他京城的幾位身居要職的朋友。御史張坦公，大學士劉正宗，侍郎傅掌雷等多方奔走斡旋，並上表為之辯冤。丁耀亢命大，恰逢康熙不久前剛下詔：「如有開載明季時事之書，亦著送來。雖有違諱之語，亦不治罪。」如此時懲治丁耀亢，無疑有礙萬歲爺的面子。康熙只得降旨，赦免丁耀亢。但《續金瓶梅》及《天史》書版，必須當即焚毀！

一百多天後，身心疲憊的丁耀亢走出刑部大獄。他心有餘悸地偷偷寫下一首〈焚書〉，以抒發心中的驚恐和憤懣之情：

> 帝令焚書未可存，堂前一炬代招魂。心花已化成焦土，口債全清淨業根。
> 寄字恐招山鬼哭，劫灰不滅聖王恩。人間腹笥皆藏草，隔代安知悔立言！

雖然無罪釋放，但他多年心血凝結的《續書》和《天史》書版，卻統統化成了焦土。不由發出「悔立言」的感慨。唯一使他安慰的是，朝廷的焚書詔命，並不能滅盡燒絕一切禁書。他的續書已經有不少流傳在外。更為寬慰的是，《前集》沒有被連累。「歸來非夢仍是夢，莫認遼陽丁令公。」他希望人們忘記「遼陽丁令公」。

他心灰意冷，跑到河南少林寺剃髮當了和尚。但晨鐘暮鼓、黃卷青燈的日課，淡茶素食的齋飯，使他消受不了。不到一年。便「學逃禪」——還俗回到老家。

安葬了因為他被捕驚恐而死的母親，然後照著原稿，在丁公祠的西山牆上，將被磨去的詩文，重新刻了上去。歌罷「聖王恩」，他仍然不忘昭顯前輩的道德文章。此事前面的文章已經詳細寫到，此處不再贅述。

六、魂兮歸來斥焚書

當焚書的烈火在「堂前」熊熊燃燒時，親眼目睹數年的心血，「已化成焦土」，彷彿靈魂也隨著硝煙飄逝，痛定思痛。倔強的丁耀亢，並沒有「悔著書」。他不但沒有放下手中的筆，還重新修復了城南的橡櫝山別墅，重新開始了他的筆耕事業。但寫出的文章，統統用化名，「文名不求學逃形，書成只留子孫看」。而且再也不敢寄給朋友了，那是要「招山鬼哭」的。這說明焚書的「劫灰」再熾烈，也沒有嚇到丁耀亢。他對「聖王恩」的謳歌，跟文革期間自殺的人口袋裏常常裝著「萬歲」字條一樣，有人理解為怕連累親屬，其實那應該作反面的理解：我是無端被「萬歲」害死的！到了所謂的大清朝，文字獄比之明代，有過之而無不及。人們心裏的想法再多，也不敢輕易說出，只有藏到草叢裏，任其腐爛消失而已。

其實，他所說的「悔立言」，並不是真正的反悔，而是障眼法。當朋友紛紛寫詩對他進行撫慰時，他寫下〈漫成次友人韻〉八首（頁四七八），可以作證：

莫求不死與長生，鼎鋸當前幸不驚……

文章累我當投筆，唾罵逢人願負荊。漸喜漁樵忘姓字，木雞野鶴任呼名。

老夫傲岸耽奇癖，捉筆談天山鬼驚。誤讀父書成趙括，悔違母教失陳嬰。

他向朋友表白，因為寫作遭受了縲紲之苦，此後不想再寫了，寧肯隱藏到漁夫樵子中間，忘掉自己是何方人士，朋友們只呼我是「木雞道人」、「野鶴」就是了。無奈鄙人性情孤傲，怪癖成性，當初寫了十卷《天史》，不過是嚇一嚇那些「山鬼」們。如果說「悔違」，那是沒有聽從母親大人的教誨，囊螢映雪，成就舉業，光宗耀祖，卻在筆墨稿牘間，耗掉大量寶貴的精力。並非是執意「違母教」的不肖子，而是因為「誤讀」了「雲霞滿紙」的「父書」。愛不釋手，欲罷不能，方才拜讀之，細審之，訂正之，謳歌之。聽到那些謾罵「淫書」，甚而污蔑為「鄙穢百端，不堪入目」，甚而相互告誡：「決當焚之」！

一部勸世誡世的積善積德的菩薩書，遭到如此詆毀，身為人子，怎能不心疼如裂，拍案而起？寫一部續書為異書鳴冤洗汙，乃是理所當然的事，有何悔哉？

他在〈戒吟〉二首（頁五一五）中寫道：

性癖苦吟戒不朽，少年至老苦相求。得詩夢覺呼妻起，煉句燈荒任客愁。
招謗承恩開詔獄，焚書奉禁遍神州。年來眼病煩抄寫，地下應從李杜遊。
掃盡名心不著書，編年紀日賦閒居。情緣謝絕山猶戀，老債償完詩未除。
鴻雪無心留指爪，鹿蕉隨意寫空虛。從來焦尾知音少，傳於兒孫付爨餘。

他平生愛苦吟，夢中得詩急忙呼妻子點燈起來記下。客中煉句，直到「燈荒」無油。我不過就是寫點文章，但卻招來誹謗，「蒙恩」進了詔獄。眼下，「遍神州」都是焚書禁書的命令。而眼睛每況愈下，書寫已經很困難，還活著幹什麼？到陰間去跟李杜遊玩算了。可是，下定決心「不著書」，無奈「詩未除」——心裏有話還想傾吐。寫些隨意空虛的文字，有多少人能理解？交給兒孫，恐怕仍然難逃一火焚之的命運！這兩首詩寫盡了他的不平與憤懣。丁野鶴到老也對文字獄耿耿於懷。

在〈中秋前一夜夢龔芝麓先生同遊〉等詩中，他說得更露骨：

著書招謗真堪笑，歸去還擬作解嘲。（〈得赦詔聞家信志喜〉）

焚書逸興盡，解網聖恩優。（〈夜宿道院〉）

解網方知獄吏尊，焚書始信文章賤。（〈丁未中秋月〉）

名畫墨帖盡汙裂，詩版經難皆爨餘。傷心閉目誰補綴，百年所愛將歸墟。（〈七戒〉）

竹林客散歎離居，夢裏笛聲到故廬。珠海光潛因瘞鶴，《瓶梅》香盡久焚書。（〈夜夢〉）

書橫塞北人千里，夢到江南月一方。最是離群難寄恨，何時春信返遼陽。（〈山夜聞雁〉）

焚書不入石渠秘，異域猶傳海岱才。縱飲追歡今已老，白雲遙望隔三台。（〈禁書無存志感〉）

因為著書，竟然遭到誹謗，這是多麼荒唐的事情！書被焚毀了，還有什麼心情再繼續寫書？如其說「解網」是皇恩浩蕩，不如說應該感謝獄吏的通風報信，不然如何走出縲絏？作品被焚毀了，藏書墨寶也成了垃圾。補救無計，唯有「傷心閉目」而已。而焚書的禁令不撤銷，《金瓶梅》的光輝影響，可就要消失殆盡了。雖然心灰意冷，離群索居，他仍然盼望著「春信返遼陽」。什麼時候，文字獄成為過去，人們可以自由地表達「腹笥」中的一切呀。唯一使他安慰的是，續書並沒有被禁盡焚絕。「異域」一句說的是，他有一位膠東的朋友王逸庵，冊封琉球使臣，曾將他的續書送給琉球國王，國王很喜歡。真是百憂一喜，即使國內焚書淨盡，島中仍有他的書在。「異域」的讀者，還會傳頌「海岱才」呢。

丁耀亢雖然終生科場失意，但卻是才高八斗，滿腹經綸。是散文、詩詞、戲劇、小說俱精的全才。他留下的大量詩文，得到許多識家的賞識，被譽為「南李北丁」。與偉大的戲劇家李漁（笠翁）齊名。李增坡先生評價道：「毫不誇張地說，丁耀亢堪稱明末清初一位偉大的、多產的詩人，文學家，劇作家和小說大師。」（《丁耀亢全集・前言》）惜乎，他的文名與他的貢獻很少為人所知。其主要原因，除了戰亂散佚，與多用化名難辨真偽不無關係，而統治者的文字獄扼殺，更是主要的原因。但他「鼎鋸當前幸不驚」是響噹噹的硬骨頭。雖然歷盡劫難，但對摧殘文化事業的統治者，嫉恨蔑視。他在恢復丁公祠的碑刻時，竟然讓磨損的殘碑，照舊留在原處，就是對文字獄的極大蔑視與抗議。這不由使人想起，眼下報紙的對策。當掌權者不准許所謂敏感新聞，即如實反映事實真相的文章向世人披露時，編輯就把文章抽下來，讓版面空著——開天窗。將當道者的無恥和專制，透露給廣大讀者。原來，「開天窗」丁耀亢是始作俑者。區別是，他的「天窗」不是在報紙的版面上，而是開在石碑上。歷經四百年，至今仍然有繼承者在發揚他的「發明創造」。丁耀亢地下有知，應當感到高興。

野鶴晚年視力減退，但創作勢頭不減，詩興更加熾烈，留世的優秀詩文數量眾多。有人考證，失傳的《醒世姻緣傳》，就是他晚年的作品。

綜上所述，偉大的詩人丁耀亢，不僅留下大量傳世傑構，他對偉大的《金瓶梅》更是竭盡忠悃，至死不逾。從幼年起，他就對「家傳異書」投了巨大的精力。先是認真拜讀，繼之是加工潤色，然後將隱藏父祖真面目的、「三代化鶴」碣語隱藏其中。並親手寫〈跋〉言，為「父書」辯誣。不惜重金去江南聘高手，鐫版印刷。遍請大江南北名家，題詩贈文，熱情謳歌「舞斑斕」的「遼鶴」，以彰顯父輩的「不朽業」。做了這樣一些承先啟後的工作，他又花費大量精力寫了一部《續金瓶梅》，為「前集」正名。真可謂大半生心血凝於「父書」，傳揚家聲不遺餘力。當鐐銬加身時，他也不忘磨掉有可能曝露「父書」真相的文字。劫難過去，立即重刻碑文，為先人留德揚名……這一切的一切，真可謂，終其一生，心機費盡。說他是一位豐厚家學的繼承者，誠篤的孝子，絲毫不是誇飾之祠。失當之處，尚乞識者指謬。

二〇一一年七月杪於銀灘海隅

說不盡的第一奇書
——《金瓶梅》的偉大社會意義

我國十六世紀末，誕生了一部百餘萬言的長篇現實巨著——《金瓶梅》。它與《三國演義》、《水滸傳》、《西遊記》並肩流傳，輝煌於世，被明代文學家馮夢龍譽為四大奇書之一。被清代著名評論家張竹坡譽為「第一奇書」。魯迅則說：「諸『世情書』中，《金瓶梅》最有名。」

《金瓶梅》是一部以家庭倫理和社會現實生活為創作題材的長篇傑構，也是我國第一部文人創作的小說。本書取材《水滸傳》二十三回至二十六回武松殺嫂的故事。增加了許多人物，豐富了大量情節。筆觸細膩，場面恢弘，結構完整，人物鮮活。巨著的名字頗為新穎，是從書中三個女人潘金蓮、李瓶兒，春梅的名字中各取一字組成。堪稱是一個創造。《金瓶梅》對著名的《儒林外史》、《聊齋志異》、《紅樓夢》等後來的著作影響巨大。有的評論家甚至說：「《紅樓夢》脫胎於《金瓶梅》」。

在國外，《金瓶梅》也有巨大的影響，評價之高，比之國內有過之而無不及。據學者王麗娜考證，日本自十八世紀，歐洲從十九世紀，就開始介紹和翻譯這部傑作。到目前為止，至少有英、法、德、日、俄、匈、荷、朝、蒙、越南、瑞典、拉丁等語種譯本。美國大百科全書說：「《金瓶梅》是中國第一部偉大的現實主義小說。它雖然寫的是十二世紀早期的故事，實際上反映了十六世紀末期，整個社會各個等級人物的心理狀態，宣揚了懲惡揚善的佛教觀念。對中國十六世紀的社會生活和風俗，作了生動而逼真的描繪。」法國大百科全書說：「它塑造的人物很成功，在描寫婦女的特點方面可謂獨樹一幟。全書將西門慶的好色行為與整個社會歷史聯繫在一起，在中國通俗小說的發展史上，是一個偉大的創造。」美國哈佛大學特級教授斯蒂芬・歐文寫道：在十六世紀世界文學裏，沒有一部小說像《金瓶梅》。它的質量可以與塞萬提斯的《堂吉訶德》或者日本紫式部的《源氏物語》相比，但那些小說沒有一部像《金瓶梅》這樣，具有現代意義上的人情味。」美國著名學者梅托兒更是讚美有加：「中國的《金瓶梅》和《紅樓夢》二書，描寫範圍之廣，情節之複雜，人物刻畫之細緻入微，均可與西方最偉大的小說相媲美。」

但如此偉大的一部傑構，四百年來，卻是命運多舛。《金瓶梅》自誕生那一天起，就是毀譽參半，甚至毀多於譽。讚頌者譽為「滿紙雲霞」，警世駭俗。於是，傳抄翻印，饋贈珍藏，一時間洛陽紙貴。詆毀者則罵為宣淫導欲，「壞人心術，他日閻羅究詰始禍，何置詞對？」有人認為，是勸孝，復仇，諷刺，糾彈時事。有人認為是描寫世情，懲戒善惡。統治者更是視為洪水猛獸，查抄毀版，定為禁書。總而言之，毀之者視為洪水猛獸般的誨淫之作，贊之者譽為天下第一奇書。歷史上，從來沒有一部小說如此毀譽交加，如此迷離莫測。真是說不盡的《金瓶梅》！

時至今日，仍然能夠聽到「淫書」、「不堪入目」等斥罵聲。前不久，筆者聽到一個真實的故事。一位商場得意的丈夫，由於業務忙碌，應酬較多，常常遲歸。他的長夜獨守、寂寞難捱的妻子，懷疑他有外遇，甚至養了外室。正苦於抓不到真憑實據，「無意中」從他的寫字臺抽屜裏，發現了一部《金瓶梅》。這位「河東獅子」，認為拿到了征服負心漢的真贓實據，挖苦追逼，有恃無恐，甚至多次到他的公司吵鬧。對於早已厭煩她多心的丈夫，終於忍無可忍，居然承認有「外遇」，與妒婦徹底了結。等到離婚證書到手，她後悔莫及，哭哭啼啼懇求復婚。可是已經晚了，她自己讓出的位置，已經被年輕漂亮的繼任者佔據。這件事情說明，許多人不但不能正確認識《金瓶梅》的偉大社會價值，甚而視為淫棍蕩婦的床笫秘笈。

由此可見，對「第一奇書」做一次全面而透徹地梳理和評騭，不僅是對種種謬說的回擊，也是對無知者的一次極其必要的啟蒙教育。因為充滿於奇書中，那五彩斑斕、平常而又奇崛的洋洋世俗生活畫面，人性善惡，命運悲歡，都有著極其寶貴的認識價值。下面試分別論述之。

一、寫盡炎涼見情偽

《金瓶梅》誕生於明代萬曆年間，此時明王朝急劇走向衰落，社會風氣日趨窳敗，作品對各種社會痼疾和矛盾，都作了生動地展現。全書一百回，出場主要人物一百多個。以豪紳惡霸西門慶的罪惡發跡和荒淫一生作為主線，以他污穢的家庭和社交作為舞臺，並由這個舞臺輻射開去，讓人物在真實而錯綜複雜的社會關係中，充分「表演」。他們的情偽、德行，在讀者面前表露無遺，展現了廣闊的社會生活場景。深刻地曝露了官場的腐朽黑暗，人性的醜惡貪婪。上至朝廷權臣，地方官吏，下至娼妓蕩婦，市井無賴，都有著生動傳神的描繪。社會風氣窳敗，人間矛盾重重，預示了封建統治必然走向滅亡的下場。

當時的主要社會矛盾是土地佔有問題。窮漢出身的朱元璋做了皇帝，曾鼓勵人民開墾荒地以「安養生息」。但卻把從農民手中奪來的土地稱為「官田」，數量之巨，竟然占全國土地的七分之一。嘉靖一降，豪強兼併之風更盛，形成了「私家日富，公室日貧」的腐敗現象。而皇帝家更是最大的地主。他的子孫們都是最大的土地佔有者。他們佔有的大批土地稱為「皇莊」，那便是皇帝的私家莊園。據歷史統計，「皇莊」占地三萬七千多頃。「皇莊」派太監管理，儼然是土地的主人。《金瓶梅》三十一回中，寫到西門慶為孩子做滿月時，客人中就有管皇莊的薛太監。當時，佔有成百上千頃土地的莊園主，更是比比皆是。據記載，萬曆六年，全國土地七百餘萬頃，有的大地主一家竟然擁有土地七萬頃，占全國田畝百分之一。《金瓶梅》雖然沒有正面描寫農民之困苦，但有得就有失，寫地主土地佔有之多，便從側面表現了農民的窮苦。書中賣兒鬻女的描寫，充分證明，當時土地佔有之不合理，貧富之懸殊，到了令人咋舌的地步。《金瓶梅》三十回寫到西門慶強買趙寡婦的莊子，雖然著墨不多，卻是這種侵吞的具體描寫。

中國資本主義經濟萌芽，始自嘉靖、萬曆年間。隨著紡織、採煤、冶鐵等行業的出現，已經出現了雇傭勞動。由於城市手工業的發達，商業隨之繁榮，有錢人紛紛轉向經商牟利。書中寫到西門慶「放官吏債，開四五處鋪面，緞子鋪、生藥鋪、細絹鋪、絨線鋪，外面江湖又走標船，揚州興販鹽引，東平府上納香蠟。」他同時勾結官府，逃避賦稅，放高利貸，有時還做內廷買賣，財富很快集中到他的手中。錢可通神，從此有了投機倒把，賄通官府，醉生夢死的本錢。第三十六回寫到，新科狀元蔡御史省親沒有路費，向西門慶借銀一百兩；沒落窮困的白皇親，將屏風等當給西門慶；都充分說明，豪門權貴在經濟上也依附新興的商賈集團。商賈們則在政治上依附豪門權貴。錢權結合，如魚得水，百姓只能任其宰割。

西門慶本來是一個藥商的兒子，一個市井無賴，但他憑藉經商得來的金錢，與官府拉上關係。錢可通神，立即做了理刑副千戶。丞相蔡京竟然成了他的「乾爹」，巡撫御史輩都成了他的朋友。他們互相關注扶掖，沆瀣一氣。西門慶，這個集官商於一身的傢伙，從此以強凌弱，無惡不作。甚至殺人奪產，霸人妻子，做盡傷天害理的勾當。他害死武大郎，偷娶潘金蓮。奸娶李瓶兒，搶奪花子虛的財產；收買流氓，誣告花子虛賴債；逼姦宋慧蓮，設計陷害來旺兒；依勢打死宋仁，包占王六兒，毒打街坊子弟等等。橫行鄉里，無人敢惹，地道的流氓惡霸行徑。

毋庸諱言，《金瓶梅》的作者是一位儒家知識分子，並不是一個階級論者。他的思想核心是一個「仁」字。但他洞徹世情、胸懷不平。用飽蘸憤懣的如椽大筆，如實描繪滿眼的污穢與瘡痍，勾勒世人痛恨的奸宄惡霸，社會的真實面目曝露無遺。宛如一幅世相長卷，活生生地展現在讀者面前，讓人們看清統治者的醜惡面目和腐朽本質。這實際上就是對社會瘡痍的無情揭露和鞭撻。丁維寧不是貧寒出身，但他卻深切同情下層人民的苦難。就像巴爾扎克是一位保皇黨，托爾斯泰是一位貴族一樣，他們寫實的大筆，卻展現了當時社會的形形色色。結果，前者成了法國社會的「書記」，後者成了「俄國革命的一面鏡子」。這就是現實主義的偉大力量。作品中有一句極其概括而又至臻堂奧的話：「富貴必因奸巧得，功名全仗鄧通成。」沒有奸巧和金錢，富貴和功名，無異紙上談兵。簡單一句話，道盡了奸巧賄通的個中秘密。

魯迅在《中國小說史略》中說道：

當神魔小說盛行時，記人事者亦突起，其取材猶宋市人小說之「銀子兒」，大率為離合悲歡及發跡變態之事。間雜因果報應，而不甚言靈怪。又緣描摹世態，見其炎涼，故或亦謂之「世情書」也。諸「世情書」中，《金瓶梅》最有名。……作者之於世情，蓋誠極通達，凡所形容，或條暢，或曲折，或刻錄而盡相，或幽伏而含譏，或一時並寫兩面，使之變形，變幻之情，隨在顯見。同時說部，無一上之。

魯迅所說的「世情書」，就是跳出取材靈怪的神魔小說舊藩籬，而走向寫實主義。在此之前的小說，除了寫靈怪，就是寫傳奇。《三國演義》寫的是歷史英雄，《水滸傳》寫的是江湖英雄，《西遊記》寫的是幻想英雄，仍然是靈異傳奇套路。而《金瓶梅》雖然取材於《水滸傳》，但《水滸傳》是一部將豪俠慷慨之士理想化的作品。《金瓶梅》卻脫盡前人窠臼，另闢蹊徑，「寄意於世俗」，筆觸深入到「尋常陌巷」如實「描摹世態」。「市井之長談，閨房之碎語」，盡在描繪之中。針線細密，曲盡情偽，成為一部散發著強烈現實主義氣息的巨著，從而產生了難以估量的批判力量。因為，「描摹」就是展現，展現等同曝露，曝露無異於批判。深刻揭露社會黑暗的《金瓶梅》，是一部「指斥時事」的憤世書，稱它是現實主義的巨著，並非誇飾之詞。稱它的作者丁惟寧是一位偉大的現實主義作家，同樣十分準確。儘管他並沒有自覺的社會批判意識。但對當時那個處處瘡痍、令人窒息的末世，能作鞭辟入裏、無情的曝露。說他的思想充滿進步的民主精神，也順理成章。

二、著此一家罵諸色

「揮金買笑，一擲巨萬；思飲酒，真個瓊漿玉液；要鬥氣，錢可通神。」這是《金瓶梅》作品開篇的話。作品所描繪的雖然主要是西門慶的家庭。但卻像魯迅說的，「著此一家罵盡諸色」。《金瓶梅》把西門慶的家庭作為中心來描寫，實際上是明代封建統治者醉生夢死、縱慾生活的一幅縮影。

據《明實錄》載，明武宗婚禮，花費黃金八五二〇兩，白銀三三八四〇兩。即位後，「又別構園禦，築宮殿數層，而造密室於兩廂，勾連櫛列，名曰豹房」，供新皇帝盡情淫樂。他藉口外巡，實則是外出遊樂獵豔。足跡所至，北到大同、宣化，南到揚州、南京等地，遊筵賞玩，趁機擄掠美女。另一位皇帝穆宗，則死於醇酒和女人。

破落戶出身的西門慶，依靠巧取豪奪成了富商，並勾結官府榨取民財，搜刮來大量財富。於是，借助「鄧通」之力，買得官職，接受賄賂。小說中多處寫到官吏之間的賄賂。楊戩壞事，西門慶上東京為其走門路，送給當朝右相「白米五百擔」。（十八回）黃四的丈人吃了官司，向西門慶求情，從袖中取出的禮單是「一百擔白米」。（六十七回）荊都監求西門慶向宋巡按美言獲得提拔，禮單寫的是「白米四百擔」。（七十六回）就像後世稱黃金為「黃魚」，「白米」乃是白銀的隱語。他人向自己求情得到的是「白米」，替他人走門路，也少不了自己的好處。這樣，八面進財，銀子便滾滾而來。

有了花不完的銀子，西門慶就過起了驕奢淫逸的生活。家裏專設廚房，由侍妾孫雪娥專門打理。山珍海味，南酒北饌，呼之即來，盡情享用。用李瓶兒的話說：「你每日吃用稀罕之物，他（她的丈夫）在世幾百年還沒曾看見哩。」西門慶請宋蔡二位御史一次酒席，花費不下千兩白銀。真正是富人一桌席，窮漢半年糧。西門慶的宅邸，同樣廳堂亭榭，富麗堂皇。連從京城來的蔡狀元，都連聲驚歎，極口稱讚：「誠乃勝蓬瀛也。」

西門大官人，居然也學得高官顯宦的派頭，家裏養起了歌童舞姬。還讓勾欄裏的李銘，到他家充教習，教春梅、迎春、玉簫、蘭春學歌舞。勾欄裏的名妓，也是他家的常客。酒宴饗客，妻妾的生日，都有她們彈唱侑酒助興。凡此種種，西門家的豪華糜爛，簡直不亞於公侯將相。

西門慶最為鍾情的消遣，便是性生活的不羈放縱。他已經有了六房妻妾，還要包占王六兒，私通林太太。家中的丫頭，侍女，僕婦，都是他隨意玩弄的對象。像春梅、如意兒、宋慧蓮、來爵媳婦等，只要他需要，都是呼之即來，乖乖伺候。女色之外，他還喜歡男寵，書童、王經等也成了他洩慾的對象。

對於下層人民窮苦悲慘的生活，作品雖然著墨不多，卻有著深刻的揭露。西門慶為了霸佔宋慧蓮，將她的丈夫來旺，誣陷發配徐州。宋慧蓮悲痛難忍，自縊身亡。後來，宋仁攔棺論理，又被西門慶送進衙門打死。

且看西門府裏的人身買賣：春梅是十兩銀子買來的丫頭，秋菊以六兩銀子被買來給潘金蓮當上灶丫頭。後來被吳月娘以五兩銀子賣給了別人。李瓶兒用七兩銀子買了個十五歲的女孩子做丫頭。西門慶將潘金蓮娶回家，要吳月娘的丫頭春梅過去伺候，化五兩銀子買了個丫頭給吳月娘。西門慶勾搭上韓道國的老婆王六兒，不但給她買了房子，還化四兩銀子給她買了個十三歲女孩，供王六兒驅使……窮人家在走投無路時，將孩子像動物一般，賣身給富人當丫頭，個個成了任憑驅使玩弄的「家妓」。

西門慶的放蕩淫樂，連他的正妻吳月娘也看不去。勸他「少幹幾樁（壞事），攢下些陰功」。西門慶竟然笑道：

「娘，你的醋兒又來了。卻不道天地尚有陰陽，兒女自然配合。今生偷情的，苟合的，多是前生分定，姻緣簿上注明，今生了還。……咱只消盡這家私，廣為善事，就使強姦了嫦娥，和姦了織女，拐了孫飛瓊，盜了西王母的女兒，也不減我潑天富貴。」（五十七回）

理直氣壯。一副只要有了臭錢，便可以盡情玩弄女色的流氓無賴嘴臉，躍然紙上。西門慶縱慾奢華的生活，正是當時富豪之家隨處可見的代表。在那個虛偽齷齪的社會裏，金錢權勢代替了良心和道德友誼，人的靈魂浸透了利己主義的冰水。正如張竹坡說的：「一部《金瓶梅》總是冷熱二字，而厭說韶華，無奈窮愁。」「厭說韶華，無奈窮愁」的笑笑生，仍然直面慘淡的人生，寫盡人間世情。他寫書出於「憤世」，他筆下的世相，無不是揭露抨擊。

鄭振鐸先生說得更加鞭辟入裏：

如果除淨了一切的穢褻的章節，她仍不失為一部第一流的小說，其偉大更過於《水滸》。《西遊》、《三國》，更不足和她相提並論。在《金瓶梅》裏所反映的是一個真實的中國社會。這個社會到了現在似還不曾過去。要在文學裏看出中國社會的潛在的黑暗面來，《金瓶梅》是一部可靠的研究資料。近來有些人，都要在《三國》、《水滸》裏找出些中國社會的實況來。但《三國演義》離開現在實在太遙遠了，那些英雄實在是傳說中的英雄們。……至於《水滸傳》，比《三國演義》是高明多了。但其所描寫的政治上的黑暗，（千篇一律的「官逼民反」）於今讀之，有時類乎隔靴搔癢。……水泊梁山上的英雄們，並不完全是農民。他們的首領們大都是「紳」，是「官」，是「吏」，甚至是「土豪」，是「惡霸」。而《水滸傳》把那些英雄們也寫得有些半想像的超人間的人物。

表現真實的中國社會的形形色色者，捨《金瓶梅》恐怕找不到更重要的一部小說了。不要怕她是一部「穢書」。《金瓶梅》的重要，並不建築在那些穢褻的描寫上。她是一部很偉大的寫實小說，赤裸裸地、豪無忌憚地表現著中國社會的病態，表現著「世紀末」的最荒唐的一個墮落的社會景象。而這個充滿了罪過的畸形的社會，雖經過了好幾次的血潮的洗蕩，至今還是像陳年的肺病患者似的，在懨懨一息地掙扎著生存在那裏呢。

於不斷記載著拐、騙、姦、淫、擄、殺的日報上的新聞裏，誰能不嗅出《金瓶梅》的氣息來。鄆哥般的小人物，王婆般的「牽頭」，在大都市裡是不是天天可以見到？西門慶般的惡霸土豪，武大郎、花子虛般的被侮辱者，應伯爵般的幫閒者，是不是已絕跡於今日的社會上？揚姑娘的氣罵張四舅，西門慶的謀財娶婦，吳月娘的聽宣卷，是不是至今還如聞其聲，如見其形？那西門慶式的黑暗家庭，是不是至今到處都還像春草似的滋生蔓殖著？

《金瓶梅》的社會是並不曾僵死的；《金瓶梅》的人物至今還活躍於人間，《金瓶梅》的時代，是至今還頑強的在生存著。

她是那樣淋漓盡致地把那個「世紀末」的社會，整個的表現出來。他所表現的社會，是那樣根深蒂固地生活著。這幾乎是每一縣都可以見得到一個普遍社會的縮影。「在反映社會現實方面，也是一部偉大的小說。至今仍然有著深刻的現實意義。」

這說明，《金瓶梅》不僅描繪形形色色的中國社會，揭示社會「潛藏的黑暗面」寫盡了金錢的罪惡。其他所謂奇書，沒有出其右者。《金瓶梅》是一部憤世書，一幅污濁世情的風俗畫，一曲世紀末的輓歌。丁惟寧是洞達世情的入世者，他巨筆如椽，譜寫了一曲明王朝的輓歌。「苦孝」說云云，無異是牽強附會、人云亦云的謬說。

前無古人的偉大傑構

——《金瓶梅》的傑出藝術成就

如果《金瓶梅》僅僅是一部雖然洋洋大觀，卻只是揭露諷刺抨擊的作品，充其量是一部「警世明言」，用現代的話說，就是一部通俗政治課本。但《金瓶梅》雖然取材於《水滸》，在藝術上卻是深刻細膩，進入另一個境界。正如魯迅指出的：「《金瓶梅》作者能文，故雖間雜猥詞，而其佳處自在。」「同時說部，無一上之。」法國大百科全書說，「它在中國通俗小說發展史上，是一個偉大的創新。」這說明，在藝術成就方面，《金瓶梅》「是一個偉大的創新」，在此之前沒有一部作品超過它。只要不是看熱鬧，而是用研究的目光看作品，便會發現，不論是反映生活面，作品的結構，人物塑造，語言的運用，細節的描繪等，都是登上了一個前人沒有達到的藝術高峰。下面分別論述之：

一、廣闊的生活畫面

《金瓶梅》取材於《水滸傳》，同時接受了後者寫實的藝術手法。但《水滸傳》寫的主要是誇張的英雄故事。禪杖刀槍，打虎拔樹，地上神行，水底潛遊，不僅武藝非凡，而且膽識過人。他們的正義豪俠行徑，讓人讚賞。他們的舉旗聚義，與官家抗爭，讓人拍手稱快。但那畢竟不是司空見慣的尋常事情，乃是作家對歷史事實的渲染和擴展，藉以寄託自己浪漫主義的理想，為被壓迫者傾吐一番心頭的壓抑和悲憤而已。據歷史記載，水泊梁山造反的英雄，不過是「宋江等三十六人」，施耐庵卻把他們的隊伍擴大到「一百單八將」。但他們活動的場所，除了王婆的茶館，武大郎的家宅，閻婆惜的閨房，孫二娘的酒店等不多的平常居所，故事大都發生在非同尋常的地方。山崗、廟宇、叢林、法場、城堡、公堂，都成了展開故事、施展武藝的舞臺。《金瓶梅》並沒有驚天動地的大事。無非是欺人、霸財、行賄、買官、喝酒、玩女人，一句話，醉生夢死的生活。中心故事發生的地點，大都在西門府上。其他地方也是司空見慣，並不陌生。西門慶的所作所為，不過是觸目皆是的富豪惡霸、貪官污吏的一個代表。但場面之廣闊，情節之生動，「做派」之觸目驚心，聲色之凸顯逼真，可謂前無古人。

在那個爛透了的社會，清官廉吏，難得有好下場。作品只正面寫了一位山東巡按御史曾孝序。此人剛直清廉，嫉恨貪賄，他上了一道奏摺，參劾西門慶。列舉的緣由是：

理刑副千戶西門慶，本係市井棍徒，夤緣升職，濫冒武功，菽麥不知，一丁不識。縱妻妾嬉遊街巷，而帷薄為之不清；攜樂婦而酣飲市樓，官箴為之有玷。至於保養韓氏之婦，恣其歡淫，而行檢不修；受苗青夜賄之金，曲為掩飾，而贓跡顯著。……

曾御史的劾摺全屬事實，說的還比較含蓄。結果，被參劾者逍遙自在，奉公參劾者，儘管是堂堂巡按御史，又與職務有關，反而倒了台。朝廷之惡濁，官場之不公，觸目驚心，令人瞠目。

魯迅讚《金瓶梅》為「同時說部，無以上之」，堪稱的評。

明代學者謝肇淛為《金瓶梅》寫〈跋〉，同樣讚不絕口：

書凡百萬言，為卷二十，始末不過數年事耳。其中朝野之政務，官私之晉接，閨闥之媟語，市里之猥談，與夫勢交利合之態，心輸背笑之局，桑中濮上之期，尊罍枕席之語，（駔會）之機械意智，粉黛之自媚爭豔，狎客之從諛逢迎，奴點之稽唇淬語，窮極境象，

（戒）意快心。譬之範工摶泥，妍媸老少，人鬼萬殊，不徒肖其貌，且並神傳之。稗官之上乘，爐錘之妙手也。

謝肇淛不愧是高眼識家，他不僅道出《金瓶梅》的故事不過發生在數年之間，但筆觸所至，朝野，官私，閨闥，市井，歷歷如在目前。而活動於其中的勢利之徒，極盡表演之能事。朋友的背叛，男女的密約，床笫的狎笑，小人的心術，女人的爭寵，幫閒的逢迎，奴僕的閑言，無不窮境極相，就像技藝高明的雕塑家，所塑出的人物，不論俊醜老少，無不人各其面，不僅肖其貌，而且傳其神，栩栩如生。難怪這位品評者，要驚呼，《金瓶梅》是「稗官（小說）之上乘，爐錘之妙手」了。

總而言之，《金瓶梅》的筆墨，雖然集中在一個富豪的家庭裏，但薰蕕雜陳，美醜紛至，展開了一幅極其廣闊的生活畫面。昏聵的朝廷，貪婪的權臣，墮落的文人，無恥的幫閒，淫邪的妻妾，狡獪的奴僕，無不次第登場，盡情表演，從而將他們溫情脈脈的面紗，撕扯下來，露出了猙獰妍媸各異的真面目。堪稱是當時社會的一面鏡子，一部明末社會的百科全書。

二、嚴謹的結構藝術

小說被前人稱為「世情書」。世情書裏充滿著故事，故事是由人物扮演的。故事在哪裏發生，何時開始，何時發展，何時轉折，何時結束，時間與空間，都要有全面的謀劃設計。故事的發展遞進，是急驟，是舒緩，也就是節奏問題，也要加以仔細地調度佈局。這就是小說結構所面臨的問題。小說的結構是為表達主題、刻畫人物服務的。一部長達百回的小說，章回情節的安排，矛盾衝突的設置，都離不開高超的結構技巧。就像要蓋一處美麗的房子，何處設廳，何處安室，何處立柱，何處布廊，事前都要周密設計，了然於胸。不能像一個無目的漫遊者，走到哪裏算哪裏。不然，情節紛紜，線索凌亂，其結果可想而知。作家忽略了這一點，或者沒有這方面的本領。勢必主次混淆，眉目不清。題材再好，也像隨意堆放的碎玉，胡亂串成的珠簾，不僅失掉張弛節奏之美，還給人以凌亂無序的感覺。

《水滸傳》受傳記體通史的影響，基本上是以單個人為中心的描寫。前七十回，是由魯達、林沖、楊志、武松、宋江等的傳記連綴而成。作家的高明在於巧妙的鏈接，使故事轉接自然，渾然一體。這種被學者稱作「鏈條式的結構」，故事環環相扣，情節鏈接自然。條條細流，匯聚水泊，義旗高舉，幹出了一番驚天地泣鬼神的大事業。使讀者激情澎湃，充滿期待。到七十一回，英雄們排了座次，彷彿革命已經成功，可以高枕無憂。於是，鬥志消退，內部紛爭。結果，不僅被「招安」，而且做了屠殺同道的幫兇，最終成了朝廷屠戮的犧牲品。讓人掩卷頓足，唏噓感歎！

《金瓶梅》取材自《水滸傳》，但較之《水滸傳》，結構自抒機杼，更為完整綿密。作品以西門慶的家庭為主要舞臺，以主要人物行藏為主幹故事。即以西門慶經商，騙財，行賄，謀官，遊宴狎妓，妻妾嬉戲為主線，串聯起大小幾十個故事。雖然矛盾複雜，千頭萬緒，但意脈連貫，蹊徑相通，而又跌宕起伏，主次分明。作者善於抓住主要矛盾，也不忽略次要矛盾，對主次矛盾的錯綜聯繫和因果關係，有著洞徹的把握。加之描寫細膩，揭露深刻，全書嚴密緊湊，渾然一體。編織成一幅多姿多彩的社會歷史畫卷。等到七十九回西門慶暴亡，故事轉入低潮，但細流相接，溪塘未涸。處處設局，力證因果，讓人感歎作者編製之功。戲劇家李漁說：「湊成之功，全在陣線細密……每編一折，必須前顧數折，後顧數折，顧前者，欲其照應；顧後者，便於埋伏……節節俱要想到。」笑笑生正是這樣的行家裏手，他常常借人物之口，一句「也是合當有事」，四兩撥千斤，引出新的故事，巧妙地推動著故事的轉折。有時借用一件小小的物件，推動情節的發展。如潘金蓮丟了一隻大紅繡花鞋，圍繞找鞋，拾鞋，送鞋，剁鞋等線索，擴展串聯，陳經濟因鞋戲金蓮，西門慶怒打鐵棍兒，以及秋菊挨罰，來旺兒被攆，一系列情節便自然地走上了前臺。這一點，對於《紅樓夢》也有明顯的影響。賈府的由盛而衰，多麼像西門家的從糜爛到敗落。有許多場面描寫，也有明顯借鑒的痕跡。如秦可卿喪事的描寫，就與李瓶兒的喪事相彷彿。脂硯齋認為，賈珍問壽板價格的描寫，即從《金瓶梅》學來，兩書「如出一手」。

由此可見，我們說《金瓶梅》的結構嚴謹細密，渾然一體，有著充分的根據。

三、鮮明的人物形象

小說是寫人的藝術。它的魅力不在於作家表現了什麼，而在於用什麼手法表現。作為表演者的人物，更是作家著力之處。《金瓶梅》在塑造人物方面，更是達到了前人沒有達到的高度。在《水滸傳》中，西門慶不過是個騙佔良家婦女的浮浪子弟與市井無賴。《金瓶梅》把他「接納」過來，增之以智慧，付之以狡黠，縱橫上下，如魚得水。被塑造成富商、酷吏、惡棍三位一體的典型形象。這個人物，具有豐富的歷史內涵和特定的時代色彩。通過他的生活內容，與社會各種聯繫的生動描寫，展現了廣闊的歷史生活畫面。西門慶錢權在手，身價倍增，朱太尉、翟管家，以及巡撫、巡按等大員，都成了他的朋友和座上客。從此腰桿更硬，手段更辣。騙產占財，投機鑽引，偷漏國稅，財富便滾滾而來，從此過起了醉生夢死的生活。作品對西門慶的商業活動，著墨不多，對他的驕奢淫逸的放蕩生活，倒是濃墨重彩地加以描畫，難怪遭到一些人的非議。

《金瓶梅》寫了一百多個人物，幾乎個個的言行都符合自己身份，給人留下清晰的印象。主要人物西門慶不必說，潘金蓮、李瓶兒、應伯爵、陳經濟、春梅、吳月娘等都堪稱是成功的藝術形象。這樣一批典型形象，出現在一部書裏，標誌著中國小說藝術的高度發展和現實主義的質的飛躍。

作品主人公西門慶，出身市儈家庭，父親西門達，是一個行商。他從父親手中繼承了經商的本領。一開始只是開個生藥鋪，同時結交官吏，與人攬事牟利，接著又發了幾筆橫財。第一筆財產是富商的遺孀給他帶來的，第二筆，便是梁中書侍妾李瓶兒給他帶來的。第三筆是他女婿陳經濟避難來到他家帶來的金銀細軟。有了可以通神的「黃白」，他便給太師蔡京送優厚的生辰擔，換來山東提刑所副千戶的官職。他處理的官司，都是貪贓枉法，顛倒是非，視王法如兒戲。揚州的苗員外被圖財害命的苗青殺害，證據確鑿。苗青奉上一千兩銀子給他與夏提刑，便被無罪釋放。何九在燒武大郎的屍體時，幫過他的忙。何九的一個兄弟因盜案被捕，西門慶竟然把弘化寺一名無辜的和尚抓來頂缺。他的姘頭王六兒跟小叔子通姦，被好事的子弟捉起來，要送官問罪。他不但釋放了姦夫姦婦，還把多事的子弟飽打一頓，關了起來。就是這樣一個貪贓枉法的汙吏，跟別人說起來，竟是滿口的仁義道德：「有事不問青紅皂白，得了錢在手，就（無罪）放了，成什麼道理？」真是說的比唱的都好聽。貪官污吏嘴上念叨的，哪個不是兩袖清風的廉吏經？西門慶自然不能脫俗。

平心而論，西門慶雖然不擇手段地斂財，但並不十分貪婪。有時還表現得滿大方，對窮朋友還常常施捨周濟。借錢不要利息，甚至白送。他對應伯爵說過這樣的話：「那東西（指金錢），極是好動不好靜的。……天生要應人用的，一個人堆積，就有一個人缺少了。因此積下財寶，極是有罪的。」有人說，「積財有罪」的道德觀，從西門慶的嘴裏說出來，不符合人物的性格，似是「作品的敗筆」。但細讀作品，此說不免淺薄。西門慶雖然狠毒、貪婪，但並不十分慳吝。他行賄權貴，結交大員，捨得送重禮。結交狐朋狗友，不惜自掏腰包，讓他們「白嚼」。商人出身的西門慶，深諳錢能生錢的個中三昧。「投資」是要有回報的。行賄是為了買官、枉法不被追究；結交幫閒是為了供他驅使。作者賦予他此等言行，不但不是強加給人物的亮色，而且是點睛的妙筆。這證明，西門慶不是薛蟠似的笨伯，而是不乏智慧的市儈。至於斷案要公，積錢有罪等表白，不過是揭示了他籠絡人心、狡黠奸詐的一面。

西門慶一生，玩弄女人成性。他對女人只有「性」，沒有情。喜時瘋狂顛倒，厭時足踢鞭打。但對李瓶兒，卻於情愛之外多出幾分難得的愛戀。瓶兒死了，他簡直痛不欲生。不顧她身底下的血污，雙手抱著她的香腮親著，大哭「有仁義好性兒的姐姐，你怎麼閃了我去了，寧可叫我西門慶死了吧。我也不久活於世了，平白活著做什麼！」這失聲痛哭，是真情的曝露，並不是假張勢，過了許久，他對瓶兒仍然念念不忘。使讀者不免產生幾分感動。說明他的血管裏還流淌著人性的血液。許多學者認為這是作品成功的一筆。有人說，李瓶兒才是他心目中的妻子。此話不無道理。有人甚至說，西門慶身上有太多的人情味，他的貪婪不道德，沒有一點超凡脫俗的地方。他也不是非人的魔鬼，他身上的自私、貪欲、敗德，都是人性中最常見的瑕疵。此等人物，至今仍然活躍在我們的身邊。足見，一個作品刻畫人物，如果只寫一些大事件，離開細節的描寫，難以使人物有血有肉地活起來，成了一個模糊的影子，不過是沒有真實情感的行屍走肉，有形無魂、概念化的木雕泥塑。

一個成功的人物，絕不是用一種色彩就能描繪出來的，僅僅寫出一個人的高尚齷劣、妍媸美醜，在他身上展示的是社會生活的印記。那還不是一個活生生的人，一個有別於一切他人的「這一個」。而這個極其重要的藝術傳統，前一陣子，幾乎被驅趕殆盡。寫英雄必定高、大、全，通體金光閃閃；寫壞人必定醜、惡、毒，頭頂生瘡腳底流膿；可惜，那些虛假的概念化的人物，不但不能感動人，還給人以虛假可笑的厭惡感。笑笑生的高明之處，恰恰在於用七彩巨筆，來描繪他的人物。人物是立體的，多彩的，既富典型性格，又血肉豐滿，真實可信。西門慶形象的豐滿、生動與詳贍，在中國小說史上獨一無二，堪稱首創，標誌著我國現實主義的深化和走向成熟。

《金瓶梅》另一個特別成功的人物，就是潘金蓮。她本是武大之妻，後來成了西門慶的五妾，為了得寵，她氣死李瓶兒，火併吳月娘。西門慶身亡後被賣，最終死於武松的復仇屠刀之下。

潘金蓮出身貧寒，是個窮裁縫的女兒。九歲就被賣到王招宣府裏。他聰明伶俐，不到十五歲，就會繡鸞描鳳，品竹彈絲，而且知書識字。她生得面如桃花，眉賽新月。加之描眉畫眼，著意打扮，更顯得出水芙蓉般美麗嬌豔。難怪西門慶一見到她「先自酥了半邊」。她想依靠自己的美色，獲得主子王招宣的青睞，改變低下的地位。無奈主人的關注沒到，便伸腿而去，她再次被賣給了性慾旺盛的張大戶。兩人勾搭不久，不幸被他的老婆發現，苦打一頓，再次被賣。為了保持往來，張大戶把她塞給矮矬醜陋、缺少性慾的武大郎。潘金蓮，自彈琵琶，難以消解心頭的怨恨寂寞。站到簾兒底下散心，招來的是浮浪子弟們油滑嬉戲。她感到無聊，積極支持武大搬家。無奈，躲得開浮浪子弟，驅趕不開寂寞失落。正在這時，高大魁梧的打虎英雄武松，出現在她的面前。潘金蓮把持不住，立即墮入愛河。而武松根本不理解金蓮的感情，反而憎惡她背叛自己的丈夫。他囑咐哥哥，好好看守門戶。潘金蓮遭遇冷落，正自怨自艾，撐簾子的叉杆，不偏不倚打到了西門慶的頭上。一個色狼，一個怨婦，一見鍾情，在王婆的安排下，不但勾搭成奸，而且害死武大，嫁給了西門慶。

潘金蓮是一個滿腹技巧，感情豐富的女人。她不僅在追求自身的幸福，更急於改變自己的命運。作為一個出身低賤的女人，這本來無所指責。但她違背天理良心，採取了傷害他人的殘忍手段，以達到改變自己命運的目的。正所謂惡有惡報，無奈，命運並不給他改變的機會。她竟然不惜以殺夫達到目的，結果鑄成了難以寬恕的罪惡。不論她多麼美麗，多麼有心計，多麼會施展床上風韻，始終沒有得到真正的愛情。因為西門慶不僅喜愛漂亮的女人，更喜歡有錢的富婆。他娶宋慧蓮，奪李瓶兒，都是人財兩獲，一箭雙雕。潘金蓮在西門慶心目中，並不是全部身心的迷戀傾倒。他對潘金蓮的時熱時冷，恐怕只能用潘金蓮有色而無錢來解釋。無奈，一心想改變自己命運的潘金蓮，靈魂早已被扭曲了。她把全部心血和技巧用來迷惑主子西門慶，攏絡大娘吳月娘。虛情假意，使出渾身解數，挑逗西門慶的情慾，爭取吳月娘的好感。她挑撥離間，害死宋慧蓮；毒殺李瓶兒的兒子，然後氣死李瓶兒。心情不好時，她拿下人秋菊出氣，隨意打罵。這一切，無不是為了鞏固她在家庭中的地位。她成了一個自私、嫉妒、殘忍、淫浪的女人。嫁給西門慶後，儘管錦衣美食，錦閨繡帳，但「五妾」的地位，並不能使她滿足。西門慶依然戀著別的女人，不能把全部情愛投到她的身上，滿足她的情慾，更給她帶來了痛苦。機關算盡，施盡淫浪纏綿，終於日漸得寵，西門慶卻因縱慾暴亡。靠山頓失，美夢破滅。情慾浸透了靈魂的潘金蓮，當然不會照西門慶的臨終遺囑，為他「守節」。她繼續和女婿陳經濟私通。結果被丫鬟秋菊告發，被吳月娘一百兩銀子，賣給了武松，最終慘死在復仇的利刃之下。

我們可以用可憐，可悲，可恥，可恨，來概括潘金蓮的一生。這個人物比在《水滸傳》裏豐富生動得多。潘金蓮是一個地道的淫婦、壞女人。但她的壞，不是概念化的貼標籤，而是血肉豐滿的成功典型。

排在潘金蓮之後的六妾李瓶兒，同樣是一個成功的典型。她五短身材，肌膚白淨，瓜子臉，細彎彎兩道月牙眉，姿容嬌美，楚楚動人。她原本是梁中書的小妾，梁山英雄攻打大名府，她帶上一百顆西洋大珠等財寶，跟養娘逃到東京，作了花太監的侄媳婦。她背著丈夫與西門慶私通，但丈夫花子虛吃官司時，她跪求西門慶設法搭救。並拿出三千兩銀子讓他打點。然後把裝滿四口描金櫃的金銀細軟，強要西門慶收下。花子虛獲救回到家裏，一看家產蕩盡，一氣之下一病不起。李瓶兒不僅不讓西門慶對花子虛施捨，還不給他治病。連氣加病，花子虛撒手而去。李瓶兒並無戚容，只盼望著早日嫁給西門慶。不料，西門慶受親家官司牽連，一時無暇顧及心愛的女人。她大失所望，憂思成疾。多虧蔣竹山治好了她的病。她竟然饑不擇食，將其貌不揚、輕浮奸詐的蔣竹山招贅為婿。

西門慶化險為夷，得知李瓶兒移情別愛，並資助蔣竹山開了座生藥鋪，派人痛打蔣竹山，砸了生藥鋪，還要讓冤大頭吃官司。李瓶兒趁機把將竹山趕走，還說是「喜得冤家離門前」。凡此種種，說明她是一個心性狂浪，不能自守，而又目光短淺、容易反悔的無知女人。但她又是一個感情充沛的女人，心裏一空虛便急於嫁人。花子虛、蔣竹山都不能使她滿足，一表人才的西門慶，卻使她魂牽夢縈，可以把一切財寶都貢獻出來。她跟潘金蓮不同，潘金蓮只有情慾，沒有情愛。一旦有了滿意的男人，她愛得很執著。自從嫁給了西門慶，她一心愛著一個人，竟然成了一個癡情的女子。她事事委曲求全，連丫頭都敢當面奚落她。她小心侍奉吳月娘，曲意迎合潘金蓮。命運安排她生了一個兒子，這本來是母因子貴的大好機會，她卻成了眾矢之的。最終孩子被惡貓嚇死。她絕望了，覺得活著沒有意思。但她到死仍然記掛著西門慶。臨終還苦苦規勸西門慶，「凡事斟酌，休要一沖性兒」，少喝酒，「早些兒來家，你家事要緊。比不得有奴在，還早晚勸你。」難怪她死了之後，西門慶跪地大哭，給她正妻的名分，並舉行了盛大而體面的葬禮。我們看出，作者對李瓶兒這位「淫婦」，似乎有一種深沉的哀矜。

李瓶兒悲劇的一生，除了留下深刻的教訓，還使人有幾分同情。一個本來軟弱溫順的女人，同樣被黑暗的現實扭曲，最終被撕扯成碎片。李瓶兒，淫而不惡，私而不醜，是小說藝術畫廊裏另一個成功的典型。

構成《金瓶梅》名字第三個女人是龐春梅。她先是吳月娘房裏的一個丫頭，後來給潘金蓮支使。由於有幾分姿色，人聰慧，喜謔浪，善對答，很得潘金蓮的喜歡，連西門慶也另眼看待。一旦得到主子的青睞，她便趾高氣揚，忘乎所以。裝腔矯勢，多嘴多舌，連大娘的話也敢違抗。她對出身低賤、身為「四妾」的孫雪娥，不但疾言厲色，還隨意欺凌打罵。對其他丫頭，她比潘金蓮還殘忍。一個花錢買來的丫頭，對同樣出身低賤的姊妹下毒手，可見她的本性極其殘忍。正所謂臭味相投。她對潘金蓮不僅一往情深，而且頗有「知己」的意味。語言契合，互相包庇利用。當吳月娘得知她與潘金蓮共同跟女婿陳經濟私通後，把她賣給了守備府。不料因禍得福。她得到好色成性的周守備的寵愛。等到生了兒子，更是母以子貴。頭房身亡，她成了守備夫人。當吳月娘攀扯上官司，她又出面幫忙，使官司化險為夷。由此可見，春梅是一個複雜的人物。她雖然人生得漂亮，口齒伶俐，但淺薄勢利，不辨善惡，一切憑感情出發。她念念不忘的，就是上下尊卑。縈繞心頭的，就是情慾。成了守備夫人後，仍然設法把陳經濟弄到身邊暗通情愫。但陳經濟死了，一陣悲傷過後，照舊淫浪，最終死在僕人兒子周義的身上。跟西門慶一樣，走上了縱慾身亡的下場。龐春梅不僅是西門府興衰浮沉的見證人，也是無知掙扎、醜陋人生的親歷者。作者對她的描繪是對人性善惡的深入發掘，也是現實主義的巨大貢獻。

此外，《金瓶梅》對應伯爵、吳月娘、孫雪娥等也不是單色速寫，而是多色彩的工筆細描，一個個形象極為生動可信。如破落戶應伯爵，雙陸棋子，件件皆通，會一腳好氣球。但他不幹正經營生，專一幫嫖貼食。他善於察言觀色，看風使舵，順杆子爬，拍馬巴結，八面玲瓏。在西門慶面前，不僅是幫閒，而且是幫忙，甚至是幫兇。高爾基說過：「人是雜色的，沒有純粹黑色的，也沒有純粹白色的。在人的身上，摻合著好的和壞的東西。」別林斯基說：「描寫了人，也就是描寫了社會。」老舍先生說得更透徹：「憑空給世界增加了幾個不朽的人物，如武松、黛玉，才叫做創造。因此，小說的成敗，是以人物為準，不仗著事實。世事萬千，都轉眼即逝，一時新穎，不久即歸陳腐；只有人物足垂不朽。」

由此可見，《金瓶梅》的價值，不止是向讀者展現了廣闊的社會生活畫面，它還給世界小說史上增加了一系列不朽的人物。

四、傑出的語言藝術

《金瓶梅》的語言藝術，得到中外研究者的交口稱讚。作品中傳神的語言描寫，觸目皆是，下面僅舉幾個例子：

武松冒雪來到哥哥家。對武松早已有意的潘金蓮，攏好火，炒好菜，等候武松到來。決心「今日著實撩逗他一逗，不怕他不動情。」武松來了之後，他殷勤周到。甚至篩了一杯酒，自己飲下半杯，要武松吃那「半盞兒殘酒」。不料，武松劈手奪過來，潑在地下，不但罵她不知羞恥，還一把險些把她推到。蹬起眼睛說道：

> 武二是個頂天立地噙齒戴髮的男子漢，不是那等敗壞風俗傷人倫的豬狗！嫂嫂休要這般不識羞恥，為此等的勾當！倘有風吹草動，我武二眼裏認得是嫂嫂，拳頭卻不認得是嫂嫂！（第二回）

短短幾句話，打虎英雄的禮義剛直躍然紙上。武松出差之前，自然對潘金蓮不放心，勸她「把得家定」，即看好家，警告她「籬牢犬不入」。這話刺到了潘金蓮的疼處。她趕忙假撇清，並把氣出在武大身上，指著丈夫大罵：

你這個混沌東西，有什麼語言在別處說，來欺負老娘。我是個不戴頭巾的男子漢，叮叮噹噹響的婆娘。拳頭上也立得人，胳膊上走得馬，人面上行的人，不是膿膿血戳不出來鱉老婆。老娘自從嫁了武大，真個螻蟻不敢入屋裏來，什麼籬笆不牢犬兒鑽得入來！你休胡言亂語，一句句都要下落！丟下一塊瓦磚兒，一個個也要著地。（同上）

六十四回裏，潘金蓮把李瓶兒的孩子用貓嚇死，瓶兒痛苦異常。她不但幸災樂禍，而且指桑罵槐：

賊淫婦，我只說你日頭常上午，卻怎的今日也有錯了的時節。你斑鳩跌了彈也嘴答穀了。春凳折了靠背兒，沒得倚了。王婆子賣了磨，推不得了。老鴇子死了粉頭，沒指望了。卻怎的也和我一樣。

一個妒婦潑婦的狠毒尖刻，讓人驚恐。《金瓶梅》就是寫打架罵人，也涉筆俚俗，情趣無限。且看王婆與鄆哥的吵罵：鄆哥去王婆茶館找西門慶，王婆哪肯讓他進去。下面的一段對話，多麼符合兩人的身份：

王婆罵道：「含鳥小囚兒！我屋裏哪討什麼西門大官人！」鄆哥道：「乾娘，不要獨自吃，也把些汁兒與我呷一呷。我有什麼不理會的？」婆子便罵：「你那小囚攮的，理會得什麼？」鄆哥道：「你正是馬蹄刀木勺切菜——水泄不漏。直要我說出來，只怕賣炊餅的哥哥發作。」那婆子吃他這兩句道著她真病，心中大怒，喝道：「含鳥小猢猻，也來老娘屋裏放屁！」鄆哥道：「我是小猢猻，你是馬泊六，做牽頭的老狗肉！」那婆子揪住鄆哥，鑿上兩個栗爆。鄆哥叫道：「你做什麼便打我？」婆子罵道：「賊日娘的小猢猻！你敢高做聲，大耳刮子打你出去。」鄆哥道：「賊老咬蟲，沒事便打我！」這婆子一頭叉，一頭大栗爆，直打到街上去，把雪梨藍兒也丟出去。（第四回）

真是如見其人，如聞其聲。一場打罵，老虔婆與小混混的性格、氣質與心理，曝露無遺。寫到幫閒應伯爵，同樣有傳神的筆墨。他處處看西門慶的顏色，討他喜歡。西門慶作了錦衣衛副千戶，買了幾條玉帶，非常得意，問應伯爵如何？他立即誇獎道：

虧哥哪裏尋的！都是一條賽一條的好看，難得這般寬大。別的倒也罷了，自這條犀角帶，並鶴頂紅，就是滿京城拿著銀子也尋不出來。不是面獎，說是東京衛主老爺，玉帶金帶空有，也沒有這條犀角帶。這是水犀角，不是旱犀角。旱犀角不值錢，水犀角號作通天犀。你不信，取一碗水，把犀角安放在水內，分水為兩處。此為無價之寶。夜間燃火照千里，火光通宵不滅。（三十一回）

請看，幫閒的嘴臉，何等惟妙惟肖，簡直令人叫絕不迭。作者的語言功力，可以說是到了爐火純青的地步。

《金瓶梅》發展了《水滸傳》的語言藝術，不僅融入口語，而且採擷了大量的俚語諺語，較之《水滸傳》更加恣肆潑辣，淋漓酣暢。一百回大書，用口語寫成，這是一種令人感歎的本領。須知，當時知識分子的日常來往交際，離不開之乎者也。作家幾乎脫盡藩籬，變身阡陌桑隅，宛如老農談禾稼，樵夫談柴荊。順手拈來，點染成趣。可以看出作家生活根底的深厚，和運用民間語言的嫻熟技巧。而那些具有魯東地域特點的民間語言，對於刻劃面目各異的人物，帶來極大的方便與成功。儘管尚有冷僻蕪雜的缺點，但貫串全書的語言風格是統一的。這種以口語為基礎的文學語言，給作品帶來驚人的傳神效果。地域風貌，時代特點，生活氣息，人物身份，無不生動形象地展現在面前的畫卷中，使讀者宛如身臨其境，深信不疑，幾乎忘記了讀的是虛構的文學作品。作者對長篇小說語言的貢獻是驚人的，也是空前的，堪稱是一位語言大師。

五、傳神的細節描繪

人所共知，詩詞歌賦發抒的是遐想和情思，史傳作品依賴的是歷史事件或者人物的生平事蹟。只有小說，不論是取材歷史還是取材現實，或者純粹是作者的虛構，但都離不開故事。就是說，史傳是理性的直書其人其事，小說則隱藏理想，編織故事，演繹情節，即形象地描繪事件、場景和人物。有人把小說稱作「故事書」，說寫小說的作家都是會說故事的人，這話不無道理。故事就是事件，一件有頭有尾的事件，就是一個故事。故事由情節構成。如武松打虎，由山下飲酒，上山悔意，發現猛虎，打虎險情，披紅遊街等幾部分情節構成。如果沒有生動的情節，故事的骨架難免「缺鈣」，框架就顯得支撐無力，甚至東倒西歪。情節如果沒有細微地描繪來渲染，就失去真實和生動。乾巴巴，味同嚼蠟，引不起讀者的興趣。如西門慶對潘金蓮的先姦後娶。就包括著：挑簾，裁衣，飲酒，入扣，姦通，害夫等一系列情節。而如何挑簾，用的什麼工具；如何裁衣，裁的什麼衣料；喝酒的過程，媚眼動作等等，都屬於細節。笑笑生不愧是寫故事大家。

他筆下的故事，之所以那樣真實可信，靠的就是生動的情節和真實傳神的細節。下面僅舉幾例：

潘金蓮的鞋底兒是用氈做的，走路無聲，便於偷聽別人的牆根。連陳經濟都說她是一個「女番子」，在當時稱偵探為「番子」。足見是一個有選擇的細節，對於刻畫人物，相得益彰。潘金蓮丟了一隻繡花鞋，圍繞找鞋、拾鞋，送鞋，剁鞋等細節，抽絲剝繭，細細描繪。不僅細膩真實，而且將陳經濟因鞋戲金蓮，西門慶怒打鐵棍兒，以及秋菊挨罰，來昭兒被攆等一系列情節，有機地串聯起來，順暢自然，入情入理。

作品寫到人物的居室，不論是太師府第，豪紳庭院，歌妓居室，炊房陳設，無不與人物的地位品行和諧統一。如西門慶客廳裏那張「蜻蜓腿，螳螂肚，肥皂色，起楞的桌子」，就顯示了西門慶的暴發戶心態，以及他的土氣與庸俗。王六兒臥室掛的「張生遇鶯鶯」吊屏，表現她與西門慶的勾搭。碧霞宮道士吳伯才方丈裏供著呂洞賓戲牡丹的畫軸，暗示這個出家人調戲婦女的無恥行徑。

作品有時用反襯手法，藉廳堂佈置的肅穆清雅，映襯主人的虛偽淫邪。藉人物的滿嘴仁義道德，反襯人物的虛偽貪婪。作品三十回，寫到西門慶派家人來保和吳恩典到東京向蔡京獻生日禮物。蔡京看到禮品極其珍貴，心裏興奮不已，卻裝腔作勢加以拒絕：「這禮物決不好收的，你還將會去」。來保慌了，急忙叩頭，懇求賞收。蔡京收了禮品後，不但給西門慶一個理刑副千戶的官職，還給獻送禮品的吳恩典一個驛丞的官職。吳恩典一聽「慌得磕頭如搗蒜」。這裏，蔡京佯裝不收禮，來保聽到拒絕「急忙磕頭」，吳恩典得到賞封「磕頭如搗蒜」等細節，對於刻畫人物都可謂是點睛的妙筆。

作者特殊的才能，不僅是善於寫外面，即交際場面上的細節。西門慶家裏日常活動和「故事」，更是信筆寫來，點染成趣。女人們在節令和各人生日的飲宴作樂，聽妓女、小優和女先生唱曲子，聽尼姑講佛經故事，裁衣服，賭葉子，講笑話，扯閑呱，要心眼，嚼舌根，打情罵俏，拌嘴吵架……一般作家眼裏不屑一顧的瑣屑事，笑笑生可以拿來勾連出一大段人生。他筆下的人物，寫意潑墨的地方不多，幾乎都是工筆細描，淺色淡墨，從容寫來，無不活靈活現，人物事件，歷歷如在目前。正如魯迅所稱道的，作者雖然是「直寫事實」，卻處處顯露出「刻畫而盡相」的高超本領。

綜上所述，《金瓶梅》不僅是一部展示廣闊社會生活畫面的現實主義傑構，有著極其深刻的思想性。它鞭辟入裏的揭露批判，對後世的許多作品，都有著深刻的影響。他高超的藝術成就，更為許多作家所借鑒。被獨具隻眼的張竹坡，譽為「第一奇書」，堪稱名實相副。

英國偉大的人文主義劇作家莎士比亞，被人稱為「說不盡」。他博大精深、瑰麗奇崛的三十六部劇作，不論從哪個側面去欣賞研究，都是礦脈豐厚，開掘不盡。固有「說不盡的莎士比亞」的感歎。《金瓶梅》雖然不是登峰造極、完美無缺，甚而難免雪錦存玷，白璧留瑕。但不論從反應社會的深廣，結構之完整，塑造人物之鮮活，還是語言之奇崛，細節之生動，白描手法之嫺熟，同樣是一座豐厚的礦藏。不僅值得讀者欣賞，小說家效仿，甚至也是歷史學家借鑒的「範本」。稱它是「說不盡的《金瓶梅》」，似不為過。

二〇一一年八月三十日　改定

著書皆為風俗淳
——《金瓶梅》「穢書」辯

《金瓶梅》自從問世以來，眾說紛紜。歷代研究家、學者，對奇書《金瓶梅》，雖然都承認是非凡的傑作，有人認為「雲霞滿紙」，可以戒世醒世；但有人則一提到《金瓶梅》，便大驚失色，立即聯想到色情，擔心「壞人心術」。有人認為是勸孝、諷刺、復仇、糾彈時事，有人認為是描寫社會世情，懲戒奸宄邪惡。總之，毀之者視為蛇蠍猛獸，譽之者贊為警世傑作，天下第一奇書。在中國文學史上，從來沒有一部書得到如此涇渭分明、毀譽交加的評騭。評價如此天差地異，皆因書中大量的色情描寫。正所謂眾口鑠金。加之朝廷明令查禁，毀版焚書。久而久之，便成了人人心裏愛，多人口上罵的「淫書」。

因此，究竟應該如何公正而不失偏頗地評價《金瓶梅》，便是一個十分嚴肅而緊迫的課題。

一、自然主義的「穢書」

古今中外，對奇書的評析，連篇累牘，臧否各異。明代東吳弄珠客寫的《金瓶梅詞話・序》，開宗明義第一句就是：「《金瓶梅》穢書也。袁石公亟稱之，亦自寄其牢騷耳，非有取于《金瓶梅》也。然作者亦自有意。蓋為世戒，非為世勸也。」這位寫序的大家，一開口就下了斷語：《金瓶梅》是「穢書」。雖然有人「亟稱之」，但讚美並非來自《金瓶梅》，乃是自身有「牢騷」。弄珠客分明感到結論下得太絕對，趕忙從創作的宗旨上，為作者辯一句：作者的目的不是勸世人模仿，而是誡示世人不可重蹈覆轍。弄珠客前輩，可謂用心良苦。

劉大杰先生在《中國文學發展史》上，也有類似的觀點。他寫道：

> 《金瓶梅》雖是揭露了社會的黑暗現實，刻畫了人物的生動形象，在技巧上是具有特點的。但從總的精神來說，它是一部自然主義的小說。……在取材方面精蕪不分。有許多並不重要的並非本質的材料，都放在作品裏；不必要的描寫，卻費了大量的筆墨。尤其是露骨地描寫性生活，使這部作品，失去了藝術應有的美質和高尚的情操。由於《金瓶梅》

在性慾上作了過於誇張的不真實的穢褻的描寫，使讀者容易忽略書中的曝露意義，而容易受到它不健康一面的影響，形成《金瓶梅》藝術與道德性的不能調和的矛盾。不僅失去了它的社會教育作用，並且帶來了毒害讀者心靈的作用。《金瓶梅》雖有它的藝術價值，但只是一本自然主義的作品。……再如《繡榻野史》、《閒情別傳》、《浪史》、《宜春香質》一類的淫書，那就更穢褻了。曹雪芹在《紅樓夢》第一回中說：「更有一種風月筆墨，其淫穢汙臭，最易壞人子弟。」指的就是這一類書。[1]

劉大杰先生是造詣深厚的文學史家。但他的觀點，我們卻不敢苟同。他雖然浮泛地肯定了《金瓶梅》在揭露社會現實，刻畫人物方面「具有特點」，但他不僅認為，作品寫進了一些「非本質的材料」，「浪費了大量筆墨」，而且把許多評論家認為十分寫實的性生活場面，說成是「過於誇張不真實」，帶來了「毒害讀者心靈的作用」。更有甚者，竟然把《金瓶梅》和《繡榻野史》等淫書歸為一類，誣為「淫穢汙臭，最易壞人子弟」！真可謂一棒子打死！看來道學先生的思維，文學大家同樣沒有脫出。這不能不令人感到遺憾！

1 載《中國文學史》下冊，中國古籍出版社。

另一位著名的文學理論家徐朔方先生，在〈論金瓶梅〉裏，與劉大杰的觀點不謀而合。他寫道：

一個長篇巨製中有沒有理想以及是什麼樣的理想的問題，從根本意義上講，這是貫穿於全書每一個細節描寫中的作者對時代和人民的態度問題，這是由作者的全部人生經驗和藝術修養即他的世界觀所決定的。缺乏先進的理想就不可能有真正的現實主義，而只能降低為庸俗的消極的現實主義，及現在所通稱的自然主義。……以左拉為代表的歐洲文學史上的自然主義，本意在於糾正浪漫主義的偏向，使文學走到現實主義的道路上來。……中國文學史上不曾出現過明確的自然主義的提法和流派，但是不等於說中國古代沒有自然主義文學。……要在中國文學史上找一個自然主義的標本，卻只得首推《金瓶梅》了。……但欣欣子序反而強調它的教育意義。……掛羊頭賣狗肉！這當然是欺人之談了，但卻不敢宣揚狗肉如何鮮美滋養，比起歐洲的自然主義的氣勢來，不免小巫見大巫了。但是這種自發的自然主義傾向，仍然值得我們認真對待。……《金瓶梅》自然主義傾向的主要表現是它的客觀主義，即由於過分重視細節而忽視了作品的傾向性。[2]

[2] 載《浙江學刊》一九八一年第一期。

上面這段話，對《金瓶梅》，可謂極盡「罵煞」之能事，似乎不把她貶為「垃圾」不肯罷休。而且厭惡之色溢於言表，竟然以「掛羊頭賣狗肉」來比附。不錯，中國的自然主義確實沒有歐洲的自然主義成熟，並成為影響一時的文學潮流。但影響小絕不等同於一無是處。重視細節描寫，並不等於沒有「先進的理想」，《紅樓夢》的細節描寫難道不是極其精妙嗎？作者的話，彷彿使我們回到了上個世紀的五、六十年代，文學上的所謂社會主義現實主義時代。當時的「先進理想」，無非是主題先行。題材是假、大、空──無比幸福美滿的社會主義，主要人物必得是高、大、全的完美英雄。「先進的理想」倒是有了，寫出的作品，全部是虛假粉飾的「烏托邦」，連現實主義也算不上。當時的那些所謂「傑作」，有幾部是社會現實的真實反映？國家的貧窮，人民的苦難，一個接一個的整人運動，頭腦發熱的瞎折騰，有人敢寫一點嗎？惜乎，弄虛作假的手段再高明，也不能使血淚變成鮮花，把苦難的現實，變成他們炫耀的「天堂」！難怪，脫離現實的「傑作」，轉瞬之間，成了人們不齒的垃圾堆！

其實，以左拉為代表的法國自然主義，不過是對擅長虛構想像的浪漫主義的反動。他們何嘗是不加選擇，目力所及便照單全收。那樣的「自然主義」是沒有的。他們的筆頭不是攝像機，同樣有選擇，區別的是，他們不像浪漫主義那樣，眼睛盯著天空，而是低下頭來看社會。中國的所謂「社會主義現實主義」作家們，不同樣是昂首向天，看不到大地上發生的一切嗎？蘭陵笑笑生，始終低頭看人間。他深惡痛絕地寫了大地上的諸多污穢，巨筆描繪醜惡，把眾醜「揪上臺去示眾」，難道不是希望它潛蹤絕跡，而是希望它繼續孳生繁衍嗎？這不是理想是什麼？顯然，徐先生的話，是極不公允的。

判斷一本書是淫書，還是醒世警俗的好書，筆者學識淺陋，判斷未必服眾，還是先看看前人大家們的評判。

評論家李西成先生在〈金瓶梅的社會意義及藝術成就〉一文中寫道：

《金瓶梅》是我國古典文學中一部現實主義的文學巨製，它以生動細膩的白描手法，塑造了明代市井社會各色各樣的人物典型，通過他們的活動，揭露了封建階級荒淫無恥的罪惡生活以及豪門權貴為非作惡的事實，從而反映了整個封建社會制度的腐朽本質和它必然崩潰的前景。……儘管《金瓶梅》是一部有著豐富社會內容、鮮明的反封建傾向和藝術成就極高的作品，但過去和現在有些人對它抱有並不正確的看法，認為它「誨淫」，因此以「淫書」目之。甚至有些文人學士，對它的刊印行世還目為「壞人心術」。……其實，《金瓶梅》作者敢於對新生活作大膽描寫，正是具有反封建表現的說明。因作者所處的時代就是充滿淫靡風氣的晚明社會，而這種風氣也正是當時封建統治階級的真實生活，反映這種真實，就是對他們醜惡生活的無情揭露。[3]

這段話，似乎就是針對劉大杰先生而發出的反詰。反映真實，「就是對他們無恥生活的無情揭露」！這話說得好極了，可謂是入木三分。時至今日，那些打著所謂反映現實，實則是歌功頌德的文章及影視節目，為什麼常常遭到冷落，甚至無人理睬？就是因為他們的理想太「進步」。而大受讀者歡迎的，卻是那些不符合主旋律而被查禁的所謂「壞書」。它們的「壞處」，無非是因為寫了真實，揭露了社會現實和瘡痍。

二、戒淫懲奸醒世書

欣欣子的《金瓶梅詞話・序》寫道：

3 載《山西師院學報》一九五七年一月號。

吾友笑笑生為此，爰罄平日所蘊者著斯傳，凡一百回。其中語句新奇，膾炙人口，無非明人論，戒淫奔，分淑慝，化善惡。知盛衰消長之機，取報應輪迴之事，如在目前始終。……其中未免語涉俚俗，氣含脂粉。余則曰：「不然。〈關雎〉之作，樂而不淫，哀而不傷。富與貴，人之所慕也，鮮有不至於淫者；哀與怨，人之所惡也，鮮有不至於傷者。……此一傳者，雖市井之常談，閨房之碎語，使三尺童子聞之，如飫天漿而拔鯨牙，洞洞然易曉。雖不比古之集，理趣文墨，綽有可觀。其他關係世道風化，懲戒善惡，滌慮洗心，無不小補。譬如房中之事，人皆好之，人皆惡之。人非堯舜聖賢，鮮不為耽。富貴善良，是以動搖人心，蕩其素志。觀其高堂大廈，雲窗霧閣，何深沉也；錦屏繡褥，何美麗也；鬢雲斜嚲，春酥滿胸，何嬋娟也；雄鳳雌凰迭舞，何殷勤也；錦衣玉食，何侈費也；佳人才子，吟風弄月，何綢繆也；雞舌含香，唾圓流玉，何溢度也；一雙玉腕綰復綰，兩隻金蓮顛倒顛，何孟浪也。極其樂矣，然樂極必悲生。如離別之機將興，憔悴之容必見者，所不能免也；……顛沛流離之頃，所不能脫也；陷命於刀劍，所不能逃也；陽有王法，陰有鬼神，所不能逭也。

欣欣子對於《金瓶梅》高度評價，固然屬作序者的常態，但他對《金瓶梅》作出「關係世道風化，懲戒善惡，滌慮洗心，無不小補」之後，提醒那些「好之」者，不要忘記王法和鬼神。做事要順天時，而不可逆天時，不然「身名罹喪，禍不旋踵」。說明他充分認識到奇書的副作用，提醒「所眈者」，警惕逆天行事的後果。

廿公在《金瓶梅詞話・跋》裏寫道：

《金瓶梅傳》，為世廟時一鉅公寓言。蓋有所刺也。然曲盡人間醜態，其亦先師不刪《鄭》、《衛》之旨乎？中間處處埋伏因果，作者亦大慈悲矣。今後流行此書，功德無量矣。不知者竟目為淫書，不惟不知作者之旨，並亦冤卻流行者之心矣。

廿公不但步欣欣子的後塵，肯定《金瓶梅》「曲盡人間醜態」，目的是為了諷刺，跟聖人不刪「鄭衛」的宗旨是一樣的，那些「不知作者之旨」，誤解《金瓶梅》的人，不過是無知而已。

魯迅在《中國小說史略》中寫道：

故就文辭與意象以觀《金瓶梅》，則不外描寫世情，盡其情偽，又緣衰世，萬事不綱，爰發苦言，每極峻急，然亦時涉隱曲，褻瀆者多。後或略其他文，專注此點，因予惡謚，謂之「淫書」；而在當時，實亦時尚。

意思是說，《金瓶梅》為了描寫「世情」，不免要涉筆閨房床笫等事，有人不看全書的傾向，專注「隱曲」，便得出「醜惡」的結論，謂之「淫書」。殊不知，當時的時尚就是如此，用不著大驚小怪。接著，魯迅寫到明代成化年間，方士李孜以向皇帝獻房中術，立即大紅大紫。嘉靖年間，陶仲文向世宗進紅丸得到賞封，官至光祿寺大夫，柱國，少師，少傅，少保，禮部尚書恭誠伯。當時頹風所及，群起效尤。進士出身的都御史盛端明，布政使參議顧可學，也都借獻「秋石方」而得到重用。社會風氣侈靡，宵小群起仿效，縱談閨帷不以為恥，竭知盡力以求異方，禮贈禁書，密購方藥。一時間「方藥盛，妖心興」。誕生於此時的《金瓶梅》，就是不追求時尚，也難免有隨俗之嫌。但正如魯迅所說的，「《金瓶梅》作者能文，雖間雜猥詞，而其佳處自在。」

沈雁冰先生在《小說月報》第十一卷，寫道：

中國文學，在「載道」的信條下，和禁慾主義的禮教下，連描寫男女戀愛的作品都被視為不道德，更無論描寫性慾的作品。這些書在被禁之例，實無足怪。但是儘管嚴禁，而性慾描寫的作品依然蔓生滋長，「蔚為大觀」。並且不但在量的方面，在質的方面亦足推為世界各民族性慾文學的翹楚。這句話的意思請讀者不要誤會，我不是說中國文學內的描寫性慾的作品可算是世界上最好的性慾文學。我是說，描寫性慾而赤裸裸地專述性交的狀態，像中國所有者直可稱為獨步於古今中外。……為什麼中國的性慾描寫會進入了這種「魔道」……中國有許多寫平常的才子佳人戀愛的故事裏往往要嵌進一段性交的描寫；其餘以變態性慾為描寫主題的小說，更是無往而非實寫性交。所以若問中國性慾作品的大概面目是什麼？有兩句話可以包括淨盡：一是色情狂，二是性交方法——所謂房術。這些性交方法的描寫，在文學上是沒有一點價值的。他們本身就不是文學。不過，在變態性慾的病理研究上卻也有些用處。至於可稱為文學的性慾描寫，則除偽稱伶玄作之《飛燕外傳》與《西廂記》中「酬簡」一段外，恐怕再也沒有了。[4]

從上文可以看出，沈雁冰先生對於中國的性慾作品，用「色情狂」和「房術」，幾乎一網打盡。認為沒有一點價值，本身就不是文學。他認為，宋以前的性慾小說大都以歷史人物為中心，託附史乘，不敢直接描寫日常人生。這也是處在禮教的嚴網下，不得已的防躲法。但是，他對《金瓶梅》網開一面。認為「直到《金瓶梅》出世，方開了一條新路。」「此書描寫世情，極為深刻，尤多赤裸裸的性慾描寫。」「描寫性慾之處，更加露骨聳聽。全書一百回，描寫性交者居十之六七，——既多且變化，實可稱為集性交描寫之大成。」為什麼性慾小說盛行於明代？他同

[4] 載《小說月報》第十一卷號外。

樣認為是社會背景的影響。社會上既有這種風氣，文學作品自然會反映出來，「不足為怪」。他甚至一針見血地指出，性慾小說之所以興盛，原因不外乎禁慾主義的反動，和性教育的不發達。這裏，不僅態度客觀中肯，而且極其通達寬容。

另一位文學大家阿英先生，同樣客觀辯證地對待《金瓶梅》中的色情描寫。他在〈金瓶辯〉一文中，引了當年《新小說》中「平子」的一段話：

《金瓶梅》一書，作者抱無窮冤抑，無限深痛，而又處黑暗之時代，無可與言，無從發洩，不得已借小說以鳴之。其描寫當時之社會情狀，略其一斑。然與《水滸傳》不同，《水滸》多正筆，《金瓶》多側筆；《水滸》多明寫，《金瓶》多暗刺；《水滸》多快語，《金瓶》多痛語；《水滸》明白暢快，《金瓶》隱抑淒惻；《水滸》抱奇憤，《金瓶》抱奇冤；處境不同，下筆亦不同。且其中短簡小曲，往往雋韻絕倫，有非宋詞元曲所能及者。又可證當時小人女子之情狀，人心思想之程度，是真正社會小說，不得以淫書目之。[5]

[5] 載《小說閒談》一九五八年增訂版。

這段話，不但對《金瓶梅》在思想藝術上作了充分地肯定──「真正社會小說」，而且正面駁斥把傑作看成「淫書」者的偏頗。也就是說，評價一部作品，除了要看他都寫了些什麼，主要反映的是什麼，更重要的是看他抱定的宗旨是什麼。

著名學者鄭振鐸先生，在〈談金瓶梅詞話〉一文中，批判有些人堅持《金瓶梅》苦孝說，說那是掩飾「穢書」的罪過。他寫道：

其實《金瓶梅》豈僅僅為一部「穢書」！如果除淨了一切的淫穢的章節，她仍然不失為一部第一流的小說。其偉大似更過於《水滸》。《西遊》、《三國》，更不足和她相提並論。在《金瓶梅》裏所反映的是一個真實的中國社會。這社會到了現在，似還不曾過去。要在文學裏看出中國社會潛伏的黑暗面來，《金瓶梅》是一部極可靠的研究資料。……表現真實的中國社會的形形色色者，捨《金瓶梅》恐怕找不到更重要的一部小說了。不要怕她是一部「穢書」。《金瓶梅》的重要，並不建築在那些穢褻的描寫上。她是一部偉大的寫實小說，赤裸裸毫無忌憚地表現著中國社會的病態，表現著「世紀末」的最荒唐的一個墮落社會的景象。而這個充滿了罪惡的畸形的社會，雖然經過了好幾次的血潮的洗蕩，至今還像陳年的肺病患者似的，在奄奄一息地掙扎著生存在那裏呢。

於不斷記載著拐、騙、姦、淫、擄、殺的日報上的社會新聞裏，誰能不嗅出些《金瓶梅》的氣息來。鄆哥般的小人物，王婆般的「牽頭」，在大都市裡是不是天天可以見到？西門慶般的惡霸土豪，武大郎、花子虛般的被侮辱者，應伯爵般的幫閒者，是不是已經絕跡於今日的社會上？楊姑娘的氣罵張四舅，西門慶的謀財娶婦，吳月娘的聽宣卷，是不是至今還如聞其聲，如見其形？那西門慶式的黑暗家庭，是不是至今到處都還像春草似的，滋生蔓殖著？

《金瓶梅》的社會是不曾僵死的，《金瓶梅》的人物們至今還活躍於人間。《金瓶梅》的時代，是至今還頑強地存在著。[6]

在這裡，鄭振鐸先生不但大聲疾呼，《金瓶梅》是一部「第一流的小說」，更進一步指出，她的偉大之處，不止是她的藝術性，更在於她的偉大的現實主義力量。四百年過去了，她所揭露的社會和人物，至今仍然活躍在我們的身邊！他並不諱言，作品「不乾淨的」的描寫那麼多。簡直像夏天的蒼蠅似的，那些描寫又是那樣生動形象，足以使「不知者」蕩魂動魄。一個風氣清新的社會，忍受不了，把她視為「穢書」，完全可以理解。但「我們要為那位偉大的天才，設身處地想一想，他為什麼要那樣的夾雜著許多穢褻的描寫？人是逃不出環境支配的，已經腐敗了的放縱

[6] 載《西諦書話》一九八三年十月版。

的社會裏，很難保持得了一個獨善其身的人物。」他又說，「說起穢書來，比《金瓶梅》更荒唐更不近情理的，在這時代還產生了不少。以《金瓶梅》去比什麼《繡榻野史》、《弁而釵》、《宜春香質》之流，《金瓶梅》還是『高雅』的。」請看，鄭公的眼界是何等開闊，心胸是何等的寬厚！

著名評論家包遵信先有一篇文章，〈色情的溫床愛情的土壤〉，將《金瓶梅》和《十日談》作了精到的比較。其中有一段話，揭示了有人否定《金瓶梅》的原因：

> 對於《金瓶梅》中的「穢褻」文字，道學家們視同猛獸，斥為「誨淫」。這些人中雖然會有目不斜視、潔身寡慾的冬烘，但表面上道貌岸然，骨子裏嗜痂逐臭的恐怕也不少。據說最近出版的《金瓶梅》是經過刪削了的「潔本」，這樣做是必要的。因為我們用不著和道學家們對著幹，欣賞這種穢褻描寫。但是，作為一種歷史現象或文學現象，我們也不敢正視它，或者用一句「黃色」來論定它，那就非但無益甚或有害了。如果能從文化史的角度來審視《金瓶梅》的「奇」，或許還是有意義的。[7]

包先生站到文化史的高度，來審視《金瓶梅》，觀點客觀公允。他還看到了作者的苦衷。

[7] 載《讀書》一九八五年十期。

他接著寫道：「《金瓶梅》曝露了禁慾主義的虛偽，展現的是人倫的喪落，光明的無望！」就是說，作者面對污穢惡濁的現實，而一時又看不到光明，對光明無望。一枝憂鬱、沉痛的筆，只有揭露和抨擊。揭露就是清醒，抨擊就是希望社會進步，人世光明。這不是「進步理想」是什麼？顯然，如此評價《金瓶梅》才是歷史的、辯證的眼光。

《金瓶梅》固然有許多男女床笫的描寫，齊魯書社一九八七年版，刪去了一〇三八五個字，占全書百分之一強。人民文學出版社一九八五年出版的《金瓶梅詞話》刪削徹底，也只有一九一六一字，占不到在全書文字的百分之二。刪去了這些文字，不僅上下文依然連貫，思想內容也絲毫沒有受到影響。這就充分說明，《金瓶梅》的價值，並不在「色情」方面。她擔了「淫書」的惡名，惹起人們的好奇，但它並沒有傳奇的情節，也沒有詩情畫意令人陶醉的描寫。無非是官場裏司空見慣的賄通勾結，富豪家的尋常生活，妻妾間的爭風吃醋，打情罵俏。但卻活畫出一幅當時社會的風俗畫。這是《金瓶梅》對於長篇小說的歷史性開拓。

清代著名評論家張竹坡，在點評《金瓶梅》時，開篇就寫了一篇〈第一奇書非淫書論〉。以古人為鑒，開宗明義寫道：

> 詩云：「以爾車來，以我賄遷。」又云：「子不我思，豈無他人？」，此非金梅等輩乎？「狂且狡童」，此非西門、經濟等輩乎？（《詩》）乃先師手訂，文公細注，豈不曰此淫

風也哉？所以云：「詩三百，一言以蔽之曰：思無邪。」注云：「《詩經》有善有惡。善者啟發人之善心，惡者懲創人之逆志。」聖賢著書立言之意，固昭然於千古也。夫今《金瓶梅》一書作者，亦是將〈褰裳〉、〈風雨〉、〈蘀兮〉、〈子衿〉諸詩細為模仿耳。夫微言之而文人知儆，顯言之而流俗知懼。不意世之看者，不以為懲勸之韋弦，反以為行樂之符節，所以目為淫書。不知淫者自見其為淫耳。

這位天才評論家，造詣深厚，目光銳利，對於奇書的研究，可謂洞徹如微。有許多他人未曾發現或者沒有說出的，精彩肯啟妙論。他認為，《金瓶梅》不過是對於聖賢所選定詩篇的「細為模仿」。目的是為了懲勸——使文人知儆，流俗知懼。而那些把奇書看成淫書的人，自身就是淫者。這不僅是對於誤解者的反駁，更是對「淫者」內心秘密的無情揭露和鞭笞。

著名批評家張竹坡，第一次用明確的語言指出，「《金瓶梅》是一部泄憤的世情書」。「凡人謂《金瓶梅》是「淫書」者，想必伊只看其淫處也。若我看此書，純是一部史公文字。」把《金瓶梅》與太史公的《史記》相提並論，可謂空前絕後，高山仰止。

國外研究家，對《金瓶梅》同樣做出極高的評價。請看法國學者安德魯·萊維在〈評金瓶梅的藝術〉中的一段話：

《金瓶梅》這個書名是用潘金蓮、李瓶兒、春梅三個女人的名字簡化組成的。……西門慶終歸是個小人物，像莊子說的那樣，生命有限，欲望無窮。很明顯他不是莫里哀筆下的慳吝人，在我們心目中，他更像唐璜。但西門慶不僅不能抑制自己的情慾，而且作為一個淫慾的殉難者耗盡自己的精力而死去。《金瓶梅》的記述是很坦率的，「色情小說」這頂帽子是不應該扣在這部書上的。如果我們承認描寫「交歡」，不是它的目的。實際上這種不能登大雅之堂的段落，不到全書的百分之一，而且把這些段落刪去也不影響該書的閱讀價值。莎士比亞的著作，在維多利亞時期被刪節的篇幅不會更少。……

《金瓶梅》在這方面的成就，來自對生活深厚的愛，它是小說家的小說。它把生活中的沙礫變成金子。這種筆法現代中國作家仍須向它學習。這部小說是為成年人寫的，而不是過分看重那些色情段落、未成熟的年青人寫的。事實上幾乎不能說人們過高估計了《金瓶梅》對中國古典小說的影響。在例舉現實主義的傑作《水滸傳》和《紅樓夢》時，每每忽略它們不是針對生活的現實而寫作的。小說家們能從《紅樓夢》學到的東西，卻在很大程度上源於《金瓶梅》的啟發。

8 載《文學研究動態》一九八四年第十期。

美國哈佛大學教授田曉菲，這位來自中國，天資聰慧的年輕學者，在〈秋水堂論金瓶梅〉裏，對於所謂「潔本」，更有獨特的、很現代的見解。她認為，「將小說中做愛段落的繡像本評點、張竹坡評點也一併刪落，雖然可能是迫於現實的壓力，但這樣的做法，未免破壞了小說的藝術完整性，（那些做愛描寫是作者刻畫人物、傳達意旨的重要組成部分，不是可有可無的點綴之筆）對於研究者來說實在大為不便。」她還列舉了《金瓶梅》第七十三回的實例，更透徹地闡明她的觀點：

> 西門慶和潘金蓮試驗白綾帶之後，「當下雲散雨收，兩個並肩交股，相與枕藉於床上，不知東方之既白」。繡像本評點者眉批：「用得好蘇文！」按，蘇東坡〈前赤壁賦〉末句，寫蘇子與客人「相與枕藉於舟中，不知東方之既白。」被作者移來此處。作者可謂錦心繡口，調侃西門慶與金蓮之甚也。然而若沒有前面一大段描寫二人瘋狂做愛的文字，這最後二句「蘇文」的引用，也不可能達到如此幽默的效果。《金瓶梅》中關於做愛的文字，誰能說是贅疣、是不必要的呢。作者往往於此際刻畫人物，或者推動情節的發展。西門慶與不同的婦人做愛，其中蘊含的情愫都不同，做愛的動機、心情、風格、後果也不同。如果讀者只能從中看到「淫」，那麼這是讀者自己的問題。[9]

[9] 載天津人民出版社《秋水堂論金瓶梅》二一八頁。

秋水堂不但跟法國評論家安德魯・萊維一樣，認為書中做愛的描寫不但不是贅疣，而且是作品不可分割的有機部分。而將做愛部分刪削乾淨的所謂「潔本」，是「破壞了小說的藝術完整性」。他們還認為，《金瓶梅》是小說家的小說，是成年人的小說。如果生活的過來人看了之後，仍然認為是「淫書」，那怪不到作品，只能怪自己。這見解獨闢蹊徑，讓人驚訝。筆者是一個寫過多部小說的「弄斧」者，也算是半個小說家。仍然感到一時難以完全接受。但從藝術的高度來衡量，深感他們的觀點洞徹小說創作三昧，不愧為獨具慧眼的內行高論。

三、奇書原本無穢褻

上面例舉了大量中外學者的分析評判。雖然見仁見智，觀點有著明顯對立。但他們對《金瓶梅》的社會意義和藝術成就，不但沒有否定，而且有著比較一致的認同。分歧的焦點是在所謂淫穢描寫上。有的認為，《金瓶梅》是一部匡時勸世、滌慮洗心的偉大傑作，理應推而廣之；還有的認為，《金瓶梅》是一部壞人心術的「淫書」，應該禁之焚之！可謂涇渭分明，南轅北轍。其實從「穢書」之說一問世，就有人提出了異議，但他們不是爭論所謂淫穢描寫對否，而是為作者辯冤叫屈，認為那不是原書的文字，是後人的添加，是對作者的妄加之罪。

前面的文章曾經提到，筆者十五歲即第一次讀了《金瓶梅》。雖然只讀了一部分，但卻是未刪節本。一個懵懂初開的少年，對於書中露骨的兩性描寫，既看不太明白，又頗感新奇。毋庸諱言，從此對於異性，多了幾分好奇，但自信「心術」並沒有變壞。加之參加革命較早，當時的教育和環境把人塑造成了沒有靈魂的「齒輪和螺絲釘」，過的是清教徒的生活，不可能有「關雎」之思。深感前人說的話不無道理：有淫心的人，才把《金瓶梅》看成「淫書」。直到古稀之年，由普通讀者變成研究者。深入批閱，很快便對前人的看法，產生了認同：今天看到的「全本」《金瓶梅》，不是它原來的真面目。理由是：

第一，八十回之前的性描寫，不僅數量多，而且繪聲繪色，如看「黃片」。而後半部類似的描寫不僅少得多，而且，往往點到為止一筆帶過。不像是一部完整作品的風格。而其他方面的描寫，卻沒有這樣的缺點，不僅筆墨精妙，而且風格和諧統一。

第二，據筆者考證，丁耀亢對《金瓶梅》，他自稱的「家傳遺書」，進行過審閱訂正。如「遺書」的前半部分，有著大量不潔的筆墨，他不會視而不見，隨手放過，讓有些人「不知作者之旨」，落個「穢書」的惡名。退一步講，作為小說家，他就是忽略了作者的名聲，也不會聽任一部書前後風格不統一。

第三，為了給「遺書」正名，丁耀亢苦心撰寫了一部《續金瓶梅》。他一直將原書和續書看成是一個整體。而續書裏面寫到兩性的地方，同樣不是盡力渲染，而是給人一種蜻蜓點水的感覺。其他方面卻與刪節的潔本，風格相近。這從另一個側面，證明穢語是後來被人加上去的。

筆者一直懷疑《金瓶梅》中那些露骨而誇張的色情描寫，是書商為了牟利請擅長此道的舞文者加上去的。但由於沒有更多的根據，始終沒有形成文字發表。後來，看到了更多的前人提出的相同懷疑。如著名學者朱星先生在《金瓶梅考證》一書中，就明確提出，它的猥褻部分是後人妄加進去的。特別是著名作家理論家陳昌本先生，對這個問題的觀點，更加鮮明具體，他在《仰止坊——蘭陵笑笑生軼事》序中寫道：

我讀《金瓶梅》時，總覺得，作品中雅俗精到、為人喜聞樂見的漂亮文字，與那些淫穢描寫，不是出自一人之手。……恐怕是流傳、抄寫過程中，一代代捉筆者不斷增添進去的。……那麼，什麼時候增添了穢語呢？……當時的文人筆記稱：「袁中郎讀《金瓶梅》，覺雲霞滿紙，勝於枚生〈七發〉。借而閱之，無穢褻語不足觀。」這位文人甚至懷疑，自己讀的不是《金瓶梅》，而是重名之作。足見，他讀的仍然是沒有經人篡改的「古本」。……董其昌為《金瓶梅》寫序時，即使沒有目睹增添了穢語的手抄本，甚至刻印本，肯定有所耳聞。他在寫序時，面臨的就是這樣的尷尬處境。他知道作者意旨是戒淫揚善，當然要站在讚美的立場上寫序，但又必須顧及到篡改本的流傳，故而用了曲筆，不得不稱「《金瓶梅》穢書也。」[10]

陳先生進一步提出一個例證：《古本金瓶梅》卷首，有王鍾瞿寫於乾隆五十九年的序，直書：「原書本無穢褻語」。足見，所謂「全本」的出現，是在這個時間之後。他在列舉了《金瓶梅》六十回之後的許多「房中事」情節之後指出，裏面的描寫，「大都文雅精當，並無穢語」。而為什麼前半部分穢褻的描寫那麼多？他分析的原因是：當時前半部分手抄本，先流傳出去，傳抄遍數多，增添的淫語自然多。在這一點上，筆者認為，「佛頭著糞」的應該是一個人。如果是多人的作為，對後四十回，他們不會忘記「撲粉施彩」。陳先生還指出，如將淫穢的部分統統刪掉，文字仍然通順如常，看不出刪節的痕跡。也是後來者「潤色」的證明。正如鄭振鐸先生所說，「瑕去而瑜更顯」。

綜上所述，《金瓶梅》原書是潔本，是被某些牟利者的篡改才成了今天看到的「全本」模樣。就是說，「宣淫導慾」的帽子，壓根不應該扣在笑笑生的頭上。《金瓶梅》是中國小說史上第一部現實主義傑構和警世之作，這是得到全世界文學界所公認的。退一步講，即使淫穢的部分

10 載《仰止坊──蘭陵笑笑生軼事》第六頁。

為原書所有，也是瑕不掩瑜，仍然不失其在世界小說史上的光榮地位。至於有人硬要把它看成是「淫書」，正如學者們所云，「那是他自己的事」。

二〇一一年八月杪改定於銀灘觀潮居

蘭陵就在九仙山

——尋訪蘭陵

動筆創作長篇小說《仰止坊》之前，許多圍繞《金瓶梅》作者丁惟寧的疑難問題，如：作者是一人，還是祖孫三代人？作品在哪裡寫成的？創作過程遇到了哪些艱難困惑？請人寫序的經過，第一版是在哪裡鐫版的等等，先後獲得解決。但有一個重要問題，即笑笑生的「籍貫」——蘭陵，始終困擾迷茫。而這個問題不解決，不僅對於「丁說」是極大的理論缺憾，對於長篇的創作，也有著很大的困難。

於是，一連幾年，在五蓮、諸城一帶踏勘探訪。最後，在槲林峪（胡林村所在地）獲得了令人欣喜的訊息。在臧運河等文友的陪同下，與胡林村幾位耆老座談，得到了更加確鑿的證據。王鎬彥，鮑洪弟等幾位古稀老人，都聽說過胡林村所在地稱「蘭陵峪」。深峪內朝向西北的山口，就稱「蘭陵口子」。王鎬彥老人說得更具體：他聽頗有舊學功底的叔父生前多次說過，此地名叫

「蘭陵峪」。蘭陵的謎團，至此終於廓清。

蒼天不負有心人。不僅蘭陵尋夢大有收穫，對「笑笑生」為何以「蘭陵」為籍貫，也有了確鑿而明晰的索解。

當初，丁惟寧自諸城到九仙山尋找建設別墅的地址，首先來到蘭陵峪。蘭陵峪又名槲林峪，槲林村由此得名。深峪坐落在匡山西麓、九仙東麓的一條西北東南走向的幽谷裏，夾岸奇峰嵯峨，蒼松如海。幽谷盡頭有一高峰，宛如一隻仙人巨掌，直插晴空。仔細看去，又似長面巨人頭戴瓦楞帽。巨人眉眼清晰，面對五蓮山抿唇微笑，似被眼前的美景所陶醉。峪內清泉朗朗，山鳥聲聲，不啻天上宮闕，人間桃源。丁惟寧心下竊喜，久久逗留，不願離去。頓時產生了在這裏修建別墅的念頭。接下來的幾天，他參拜牟雲寺，穿越仙咼谷，踏勘龍潭溝，登臨黑牛場……處處景色如畫，流連忘返。但都因山高路險，而舉棋不定。最後來到萬壽峰前停下了腳步。這裏，東望崢嶸五朵蓮花，西隈凌空白鶴玉樓，背倚插雲高峰，遠眺含黛遠山，俯臨茂林修竹，曲水橫波。比之蘭陵峪，及已經勘察過的許多地方，不僅風光幽獨，視線開闊，而且更符合堪輿家的觀點。就像明開和尚當年發現五朵峰一般，丁惟寧脫口而出：「吾願在是矣」。於是，他遺憾地放棄了縈迴心頭許多天的蘭陵峪，將別墅建在九仙山之陽的萬壽峰下。

等到他為完成的書稿《金瓶梅》署名時，寫下「笑笑生」之後，毫不猶豫地在前面書上「蘭陵」二字。這是對遺憾的補償，更寄託了對蘭陵峪的偏愛。從此，與九仙別墅襟帶相連的蘭陵峪，就成了大才子、大作家的「籍貫」。

這些年，有關《金瓶梅》作者之爭，聲音明顯低沉，但仍有人抓住丁惟寧不是蘭陵人而喋喋不休。這也難怪。「蘭陵美酒鬱金香，玉碗盛來琥珀光。」大詩人李白吟誦過的地方，流傳千年，誰人不知？現在，我們不僅為笑笑生即丁惟寧找到了一系列創作第一奇書的根據，又找到了他的「籍貫」。因地域情結作怪，遲遲不肯服輸的朋友們，還想「據理力爭」嗎？

「蘭陵笑笑生」公案，理應劃上句號了。

一、「東武流杯亭」就在蘭陵峪

使人驚喜的是，在探訪蘭陵峪的過程中，又有著十分意外、卻極其重要的收穫：發現了著名的蘇東坡「東武流杯亭」遺址。

北宋熙寧八年（一〇七五），蘇東坡任密州（包括諸城、膠西、高密、安丘、莒縣等五縣）太守時，三月三日即上巳日，與友人修祓禊之禮，寫下〈滿江紅——東武（諸城古稱東武）會流杯亭〉及〈泛金船——流杯亭和楊元素〉等名篇。後篇上闋云：

無情流水多情客，勸我如相識。杯行到手休辭卻，似軒冕相逼。
曲水池上，小字更著年月。還對茂林修竹，似永和節。

東晉永和九年（公元三五三年）三月三日，書聖王羲之在浙江會稽山陰蘭亭，與四十一位名士聚會，飲酒賦詩，祓禊祈福。聚會的詩作編成集子，取名《蘭亭集》，王羲之為之作序。詩集不存，〈蘭亭集序〉卻成為千秋寶笈。蘇東坡將東武集會比做「永和節」，足見當時境況之盛。

筆者在蘭陵峪考察時，得知在蘭陵峪南側的溪流邊，有一大一小兩座亭子。大亭呈八角形，俗稱「八角亭」。四周修竹環繞，來自谷底的清泉，從亭旁潺湲流過。小亭在溪流南側高坡上，兩亭相距十餘丈，隔水相望。我當即認為，所謂「八角亭」，就是當年的「東武流杯亭」。但坡公在另一闋〈滿江紅〉詞中點明，流杯亭在諸城城南南禪小寺中，是引扶淇河水建成「流觴曲水」的。這是沒有異議的。

但我認為那不過是權宜之計。東坡一踏上密州土地，不僅百廢待興，而且遭遇特大蝗災。他立即投入繁忙的治蝗中，災情剛剛得到控制，三月上巳已到，就是時間財力允許，他也來不及建一座流杯亭。而修禊祓災，與民同樂，又必不可少，只能降格以求，借區區小寺聚會。此後，他便另覓佳地建流杯亭。結果選中了理想的蘭陵峪。根據是：

第一，大才子蘇東坡還是一位大建築家。每到一地，都有出眾的建設成就。任徐州太守時，戰勝黃河水患，立即建了一座黃樓，一作紀念，二利觀瞻。任杭州太守時，疏浚西湖，建造蘇堤，改善了西湖的飲水條件和景觀。來密州短短兩年間，即建成超然台，玉山堂，雩泉亭，快哉亭，蓋公堂，白鶴樓等。（白鶴樓如是前人所建，他不會親自題名）可見，在九仙山建一座流杯亭，對大建築家來說，不過是揮手間事。蘇東坡不僅到過浙江的蘭亭和安徽滁州的醉翁亭，而且親自為歐陽修的〈醉翁亭記〉書寫鐫碑。十三年前，筆者在滁州醉翁亭下，親眼目睹過蘇公筆力剛勁峭拔的書法。滁州醉翁亭寬敞軒昂，流杯的「曲水」至今宛在。見過著名「流杯亭」的大詩人，絕不會甘心年年在狹小南禪寺裏行修禊之禮。對兩處名亭加以效法，是再自然不過的事。

第二，根據筆者觀察推想，當年蘇東坡去九仙山遊歷，他走的不是東路，即現在的槎河路線，而是沿著今天戶部水庫所在的谷底，越齊長城，迤邐南來，涉過潮白河，經楊店溝，進入蘭陵峪。當他發現與蘭亭一字之差的蘭陵，不但山泉奔湧，有著流杯的極佳條件，周圍風光之美麗幽雅，比之王羲之聚友祓禊的蘭亭，歐陽修開懷暢飲、酩酊大醉的醉翁亭，有過之而無不及，更不要說南禪蕞爾小寺了。於是，決定在此建一座新的流杯亭。如果不是為了「流杯」聚會，絕對不須建一座如此寬敞的「八角亭」。蘭亭雅集到會者是四十一人。密州人傑地靈，才子薈萃，地方小了是活動不開的。總之，環境優美，有曲水流觴的條件，並有著寬敞的場所，才是作為建流杯亭的先決條件。而在蘭陵峪建一座「八角流杯亭」，理應是他的最佳選擇。

遙想當年，蘇東坡與文朋詩友在這裏雅聚，飲酒賦詩，命題分韻，限時交卷。「限時」的標誌，便是「杯行到手」。流杯亭下建有約半尺深寬的彎曲水槽，牛角杯內斟滿醇醪，放到曲水上游，酒杯隨水流緩緩而進，便是充滿風流雅趣的「曲水流觴」。流到應該交卷的人面前，如尚未吟成，則要喝下流杯中的酒，作為懲罰，氣氛之熱烈可以想見。難怪東坡老夫子要將盛會比做「永和節」了。

第三，丁公石祠碑刻上有一首王華瞻的〈過丁公石室〉：「白石堂初構，恍疑是玉堂。層巒舒望眼，曲澗引流觴。勝地來諸彥，良辰對眾芳。蘭亭稱具美，還遜此風光。」詩的首聯是歌頌丁公石祠。頷聯的「曲澗引流觴」，清楚地說明，這裏有流觴的「曲澗」。尾聯則說這裏風光之美，蘭亭望塵莫及。

第四，八角亭南側，原先有一座小亭子，地勢較高，視線開闊，分明是聚會者酒釀興濃時放目的所在。小亭遺址村民盡知。古稀老人鮑洪弟說，少年時代曾到亭子的遺址上揀破磚頭壘雞窩。同行的朋友從古亭遺址撿回斷磚殘瓦，立即找專家考證，認為「至少是宋代的產品」。這充分證明，亭子的年代，不會晚於蘇東坡任密州太守的北宋年間。證明上面的推測，絕不是空穴來風。

時代遷延，雅事不再。流杯亭派上了新的用場。大約從清代起，抑揚頓挫的詩人嘯嗷，換成了學子的朗朗讀書聲。八角亭四周被壘上牆壁，按上窗戶，成了一座「轉角屋」，辦起一處頗有水平的私塾。八角亭能改成學屋，足見面積不小。除了眾多詩友聚會，焉用如此寬敞的亭子？再次證明當初是為「流杯」雅聚而建。

胡林村古稀老人、當過八年海軍的王學榮告訴我，學屋的窗戶，不是當地民房的直欞子，而是漂亮的花格窗，可見當初的氣派。老人還說，在這裏上學的也不是本莊的窮孩子，而是四鄉的大戶人家子弟。這裏培養出不少人才，戶部鄉宋家村一位姓王的進士，就是從「轉角屋」走上翰林院的。

清人張雯〈送邱子石歸隱匡山〉詩寫道：「……招飲不期遇王子，廬結匡山槲葉秋。鴻蒙亭子瀑雪冷，月滿傾壺消夜永。……」短短數語，至少透露出兩個信息：邱子石晚年在匡山歸隱，「鴻蒙亭子」則是說明這學塾是一座亭子改建的。

二〇〇五年八月二十七日，參加諸城《金瓶梅》作者學術研討會的代表與全體新聞工作者一起，瞻仰了丁公祠後，在筆者的引領下，來到蘭陵峪參觀，實地考察了流杯亭遺址。專家們一致認為，在九仙別墅旁找到蘭陵，為確定《金瓶梅》的作者，提供了一個非常重要的佐證。而認定這裏是蘇東坡建造的「東武流杯亭」，論據也極為充分。

二、洗耳泉春色獨佔

大詩人、大才子蘇東坡，才華超眾，目光高遠，他相中的地方自然是人間天上，幽雅無比。難怪丁惟寧準備在蘭陵峪裏建別墅，並將其作為「自己」的籍貫。不是因為山前白鶴樓下更適宜於居住，他的別墅肯定會建在這裏。

但是，他的五子丁耀亢的好朋友呂一奏，卻相中了這個令人神往的地方。

呂一奏，字九初，號鳴韶。諸城人，萬曆進士，曾任直隸甯晉知縣，戶部督餉主事。因厭惡爾虞我詐的官場，憤而辭官。回到家鄉，四處尋覓隱居的雅地。來到蘭陵峪，為宜人的山光水色所傾倒。那常年流淌不歇的一股清泉，更使他情有獨鍾，不由停下了尋覓的腳步，索性將整條蘭陵峪買下，苦心經營。古代隱士許由，聽到堯請他出仕，便覺得汙了耳朵，急忙到穎水上清洗一通。呂一奏以許由為楷模，為清泉取名「洗耳」。並於崇禎三年十月，親筆題書「洗耳」兩個六尺見方的大楷體字，鐫刻到泉旁的石崖上，下署「主人呂一奏題」，以表達與污濁官場徹底決裂的心跡。呂一奏大概不曾想到，他的清高，為九仙山留下了一處聞名一方的勝跡。洗耳泉從此名聞遐邇，反將蘭陵峪等其他勝跡掩蓋。

呂一奏還在洗耳泉上方二百米處，建起一座別墅，可能因為地方狹窄，取名「芥子庵」，作為自己的隱居娛老之地。這裏不僅奇峰矗天，清泉潺湲，還有幽洞隱藏其中。就在芥子庵上方一百餘米的北崖上，綠樹叢中隱約露出一座幽洞。洞口三角形，洞內呈不規則的正方形，較之九仙山的小洞天，五蓮山的織女洞，寬敞明亮得多，一百號人足可從容坐下。端的是冬可禦寒，夏可避暑的絕佳之地。清代詩人王樞有詩云：「谷口人家薜荔封，同來塵外訪仙蹤。洞門路繞巉崖蹬，石骨盤根澗底松。」這「谷口」，應為蘭陵口子，洞門無疑就是這座幽洞。

不知是因為年老腳力不濟懼於攀登，還是像傳說的那樣，因為有一個牛倌死在附近，從而失去了修整的興趣？這個本應稱作「呂公洞」的幽洞，既沒有整修的痕跡，也沒有主人呂一奏的題刻。既然這幽洞坐落在蘭陵峪底，將其命名為「蘭陵洞」再恰當不過。如在洞口摩崖刻字，既能提高幽洞的觀賞性和文化品位，又能使蘭陵峪有一個永久性的標誌，從而大大增加笑笑生「籍貫」的知名度。

這應該是當務之急！

三、文人雅士嚮往的勝地

正如筆者在一首〈再訪蘭陵峪〉小詩中所寫的：「蘭陵不是等閒地，瀰漫文氣與雲齊。」從北宋到清代，蘭陵峪一直是文人雅士競相盤桓或者隱居的首選之地。僅筆者已經探明的，除了上面提到的蘇東坡、丁惟寧、呂一奏，還有一批詩人雅士，成為蘭陵峪或長久或短暫的主人或過客。

首當其衝的，是詩人王沛恂。

王沛恂，字汝如，號書岩。康熙舉人，曾任兵部職方司主事，遼寧海城縣知縣。他的匡山別墅「石者居」，就在胡林村西北的小溪旁。他將隱居匡山期間所寫的詩文，結集為《匡山集》。

他的侄子王柯也在這裏隱居過。

英年早逝的諸城詩人王樞，視蘭陵峪為「小匡廬」。不僅將詩集命名為《小匡廬集》，而且在蘭陵峪建有別墅。「……古洞蒼藤懸日月，桃花流水歷春秋。松陰掩映全遮屋，山色周遭盡入樓。更向臥仙石上望，晚煙一帶夕陽收。」有著如此佳絕的隱居地，難怪他要與隱居輞川的唐代大詩人王維相比擬了。這首詩還透露出另一個信息：蘭陵峪裏還有一處名勝——臥仙石。

諸城柴溝（現屬高密市）詩人，也是著名的碑拓家和旅遊家張子石，任俠好遊，「水無不停之棹，杖無不陟之山」。四海遊倦，名山歸來，同樣選擇蘭陵峪作為娛老之地。

諸城貢生，官魚台縣訓導的詩人張雯，「槐陰堂詩集」是他的詩歌結集。他在〈送邱子石歸隱匡山〉詩中，對蘭陵峪極盡謳歌之能事。心嚮往之，希望來此「陶然一醉」。如果願望實現了，他的別墅，很可能就叫「陶然居」。

官福建汀州知府的清代諸城詩人王相，寫過一首〈匡山〉：「匡山連秀谷，偕客共尋蹊。竹翠招人入，松幽引徑迷。瀑泉春澗響，怪石矗雲齊。願卜此岩老，狂歌信杖藜。」詩人同樣被蘭陵峪的美境陶醉了，不由發出在此隱居的呼喊：「願卜此岩老」！

匡山（也即蘭陵峪）對文人雅士的巨大吸引力，由此可見一斑。

特別值得一提的是諸城布衣詩人王乘籙。乘籙字鍾仙，窮困潦倒，終生未仕。他是丁耀亢的摯友，兩人頻頻往還，友誼非同一般。我在〈仰止坊〉中，對這位明代著名詩人進行了粗線條的勾勒，由於主題的限制，惜乎著墨不多。從他〈憶家〉、〈漫興〉、〈山齋夜雨〉等詩作中均透露出，他雖是九仙山陰的王家大村人，也在山中隱居過。當時，詩人張侗尚未在臥象山建別墅，王鍾仙的滯留地，什九也是在既有東坡的流杯亭，又有洗耳名泉的蘭陵峪裏。

說起張侗，人所公知，他在九仙山毛家河建有「我村」別墅。他的《山居雜詠》透露出，他不僅常常往來於蘭陵峪王沛恂的「石者居」，而且「予且往而家矣」——他也在蘭陵峪居住過。

由上面極不全面的敘述可知，自北宋至清代，漫長的九百年間，不知有多少詩人墨客，不僅嚮往、留戀、謳歌過蘭陵峪，並且在這裏或長或短的隱居過。他們之所以對蘭陵一往情深，趨之若鶩，唯一的原因，無非是悅性的山色和醉人的清泉。就這一點來說，蘭陵峪的昔日風光可謂盛極一時，其文化積澱之厚，恐怕除了廬山泰岱之外，沒有那一座名山可以與之比肩。

惜乎，進入民國以來，戰亂頻仍，社會動盪，即使有文人雅士光顧過蘭陵峪，也是匆匆的過客。人民共和國建立以後，知識越多越反動，知識分子成了罪孽的同義語。人們視文化雅事如洪水猛獸，躲之猶恐不及，且不說沒有一個人有來蘭陵峪隱居的物質條件，就是有，「脫胎換骨」尚且來不及，再來這裏充雅士，無異於自找麻煩！

可憐千載風流的名泉幽谷，除了留下兩個「洗耳」大字任憑風雨吹打、牧童樵子癡癡地凝視疑問，蘭陵峪幾乎被天下人完全遺忘！

四、蘭陵峪在呼喚

隨著旅遊大潮的興起，五蓮九仙兩山的開發日新月異。寂寞千載的蘭陵峪，至今仍然寂寞地伴著春風秋雨，日落月升，回味著往昔的崢嶸，咀嚼著今朝的寂寞與苦澀。

五天前，我再次踏訪蘭陵峪。仔細觀察，深入農戶調查，沿著谷底直達幽壑盡頭。兩岸奇峰異岫再次使我陶醉。喘吁吁來到「蘭陵洞」口的清泉邊，俯身掬水，連連痛飲。驀地，耳畔迴響起清晰的呼喊：給蘭陵峪一點關注吧！

是的，再不關注如此富含文化底蘊的蘭陵峪，就像拆了山亭壘雞窩，拿善本書捲煙抽，用古瓷餵小雞，讓大學者們去掃馬路一樣，不止是無知，簡直是暴殄天物！用無錢或者忙碌是不能推搪的。

坐在「蘭陵洞」口，我不由浮想聯翩。彷彿看到：洗耳泉石亭翼然，芥子庵當風披雲，壁上鐫刻著呂一奏的詩作；「石者居」煥然一新，傍竹臨溪；張侗、王乘籙等人的故居，各在原址拔地而起；「蘭陵洞」三個鮮紅的大字，高踞洞口，灼然入目，裏面寬敞整潔，石桌石凳虛位待客；「流杯亭」擁峰而立，流韻千古……

那時節，蘭陵峪將是何等氣派，何等滯留遊人的腳步？作為一個文化景區，獨領風騷。比之別處，更有著令人咀嚼不盡的歷史文化底韻……

正在浮想聯翩，一陣急雨劈頭打來，我不由打了一個激靈。急忙扶杖下山，一面在心裏叨念，但願這不是一個白日夢，而是不久將來的現實。

二〇〇六年六月十六日　蘭陵峪歸來

笑笑生此地有故園

——蘭陵峪的新發現

余隱居五蓮山煙雨澗已閱十二載。一開始，即被一個被稱為文學史上「哥德巴赫猜想」的難題困擾。這就是，被譽為第一奇書《金瓶梅》的作者蘭陵笑笑生究竟是誰？

辨蹤析疑，由遠及近，逐步否定了各地爭搶歷史名人的大量謬說，目光逐步集中到了「諸城丁說」。但是，這位「蘭陵笑笑生」到底是張清吉提出的丁惟寧一人，還是丁其偉等先生堅持的丁氏祖孫三代呢？也就是說，《金瓶梅》究竟是一個人的作品，還是三代人的心血結晶？對這個問題，本人很感興趣，但許久不敢遽下結論。

於是，一連幾年，多方求索。披覽國內外研究資料，細察丁氏家人行狀，遍閱作者詩文族譜，不厭其煩地到九仙山之陽的丁家樓子村訪問，鑽進幽暗的柱史丁公祠，仔細揣摩。終於從刻在花崗岩上的詩文中，尋覓到了「三降塵寰」的證據，從而得出了不容置疑的結論：《金瓶梅》是丁純祖孫三代人的傑作！

一

但是，第二個難題接踵而來，奇書作者「蘭陵笑笑生」的化名，如何破解？「笑笑」不難理解，無非是笑天下可笑之事，笑世間可笑之人。「蘭陵」又是來自何處呢？而嶧縣、蒼山、武進、紹興等許多地方，之所以力爭「蘭陵笑笑生」，其主要依據就是當地有著被稱作「蘭陵」的地名，或者作者的祖籍就是「蘭陵」。甚至持丁說者中，也有人將蔥鬱高聳的九仙山喻為「蘭陵」。無奈，用心雖苦，仍屬奇妙臆想。那麼，「蘭陵笑笑生」的真正「籍貫」——「蘭陵」，到底在哪裡呢？神龍潛蹤，飄渺如幻，久久橫在丁說的面前。不越過這個攔路虎，很難順利獲得突破性的進展。

於是，本人又開始了第二輪探索。在諸城、五蓮一帶，勘察遺址，訪問老農。可是，踏破鐵鞋，闃無消息。直到六年前，方才有了初步突破。

原來，在九仙山柱史丁公祠迤北不過咫尺的匡山腳下，原名槲梈蘿林子（現名胡林村）所在的深谷，古代就稱「蘭陵峪」。兩山夾峙為之峪。峽谷豁然開啟的西北口，俗稱「蘭陵口子」；東邊蒼然挺立的高岫，則稱「蘭陵頂子」。「蘭陵」就隱藏在奇秀不減雁蕩的九仙層巒中！

這個發現，使筆者大喜過望，立即寫成〈發現蘭陵〉一文，詳細介紹了發現蘭陵峪的經過，以及點布境內的險峰、清泉、碧流、幽洞等醉人風光。文章先後刊登在《超然台》及北京《神州》等報刊上，初步向世人披露了笑笑生的「籍貫」——蘭陵，橫空出世的特大喜訊。

在考察中還發現，蘭陵峪裏古代文人遺址頗多。有明人呂一奏的「洗耳」題壁摹刻、「芥子庵」，還有詩人王沛恂的「石者居」，王樞的「小匡廬」，以及酷似「流杯亭」的遺址等等。美中不足的是，丁家的故居或別墅之類的遺址，千呼萬喚，始終不見蹤影！有了蘭陵，卻找不到屬於丁家的故宅或別墅，不能不說是個極大的遺憾。

因此，繼續探尋的焦急，仍在胸中激蕩。

二

從地形觀察，當年丁惟寧自諸城城裏南來，越過齊長城後，什九要走現在戶部水庫的庫底。進入匡山西側的楊店溝，翻過一座不高的橫嶺，便進入了蘭陵峪。這裏奇峰嵯峨，蒼松如海，山花爛漫，清泉泠泠，遠離市廛，無比清幽。不啻人間桃源，天上仙境，是不可多得的理想隱居地。須知，丁惟寧的所謂隱居，不僅僅是清淨逃世，更重要的是追求閑雲牽思，斜月蕩魂，即能觸發創作靈感的所在。他既然能把傑作的署名寫成「蘭陵笑笑生」，說明他對蘭陵峪無比鍾情。可是，為什麼他隱居著書的別墅，不是選在蘭陵峪，而最終建在了九仙山之陽的白鶴樓下呢？

仔細比較，兩處比鄰而居的佳地，各擅勝場。蘭陵峪遠離塵世，曲奧幽獨，便於隱居。不足之處是，巨石橫陳，道路蹭蹬，行人進出十分艱難，遑論牲口車輿。須知，隱居寫作不是一朝一夕，更不是脫離紅塵，必須攜妻牽小，過家庭生活。此等地方，女人幼兒進出何其艱難？而九仙山之陽，開闊軒敞，特別適合暢懷。出門向東，繞過五朵峰，即可掉頭北去諸城。不僅道路平坦通暢，而且符合背山面水、左扶右持的堪輿家標準。當時估計，交通條件與風水，乃是丁惟寧改變初衷緣由。他的五子、《續金瓶梅》作者丁耀亢在〈山居志〉中寫道：「余未成童時，常隨先杜史游於九仙山別墅。往來林壑，欣然有得，故天然性也。甫十歲而見背，時從師偕弟，讀書石室之側。」這說明，直到丁維寧去世後，丁耀亢仍然是在丁公祠旁的九仙山別墅偕弟讀書。但成年之後，卻毅然放棄「欣然有得」、而適合「天然性」的九仙山別墅，到諸城橡欖溝（今名相家溝）另建了「煮石草堂」和「東溪書社」。他之所以如此，就是「苦九仙山遠，載糧為艱。」筆者在〈發現蘭陵〉一文中寫到，丁惟寧之所以最終放棄縈迴心頭的蘭陵峪，也是出於交通與風水的雙重考慮。

有的文友著文稱，從當地老者那裏聽到，當年丁惟寧本欲在蘭陵峪建別墅。但當得知那裏埋過一個牛倌，占去了風水之利，方才忍痛割愛。不論礙於交通，還是緣於風水，雖然論據不同，但結論是一樣的：丁公對蘭陵峪只是心儀，並沒有付諸建房行動。

如果沒有新的重大發現，這個推斷，很可能成為定論。

事實證明，這個結論我們下得太早了。

三

正如辛棄疾在一首〈青玉案・元夕〉詞中所描繪的：「眾裏尋他千百度，驀然回首，那人卻在，燈火闌珊處。」

第四屆五蓮杜鵑花節後，筆者再返煙雨澗不厭廬，長夜挑燈，披閱古籍。一個濤鳴東溪的雨夜，好運突降：百般尋覓的丁公「芳址」，就隱藏在丁家人自己的著作中。

在丁耀亢的〈出劫紀略〉中，有一篇長期被忽略的〈峪園記〉，詳細地記敘了丁家在九仙山有一處稱為「峪園」的故宅。

諸邑城南，多佳山水。去城五十里，山益深。回巒層折，為常山、馬耳餘峰，連亙不斷。至九仙而入海，茲山實門戶也。余園在兩山之間。土地開曠，有溪自西南來，繞山而北，彙為曲潭。方石高下，渟泓相注，懸崖淺渚，槲葉汀蒲，互相映發。每於春夏之交，白鳥黃鸝，千百出兩山雲霧間。

文章一開頭，就點明了故宅的地點、方位、環境及風光，而且記載得十分具體：「余園」（我家的宅院）就在九仙與匡山「兩山之間」。自西南而來的清溪，繞過匡山南端，匯成一個彎彎的「曲潭」，周圍綠樹紛披，鳥雀歡唱，風光異常優美。然後繞過匡山，掉頭向北，流經煙雨澗，匯入潮白河。

緊接著，他描繪了宅院的房舍，牆垣，格局，以及園圃等設置：

借山為垣，不別立園圃。沿溪以柏為牆，竹檜間之。兩山相去，橫可四百步，通計三十畝。因以為西麓作宅，而居宅之外皆園也。南為菜圃，鑿井調畦，菘韭之外，間植桃李，短牆護之。牆外植銀杏三十株，胡桃、山栗不拘數。使各為區，不相亂也。東有門，額曰：「日涉沼柏」。徑曲行入竹林，得屋三楹，左右各植芍藥、牡丹、百餘本，雜花綴之。南出一小門，得長松二十六株，蟠如虬龍、軒楹，高敞可息，石几、石凳倚松而置，皆足嘯飲。東過溪，橫石半畝，凹折方稜，與崖石相倚。山花野蔦，雜垂入澗。兩崖出山數武。登山趾，植以松。修棧路而上，逶迤入小澗。兩崖叢生映山紅、杜鵑花有丈餘者。每三月攜酒賞之。

如果不是在此處居住過，對房屋、土地、牆垣、菜圃、門戶、樹木、溪流、棧路、小澗等，不會敘述得如此詳盡。幾十年之後，仍然記憶得如此準確，也是不可思議的。

對於宅院之外的的環境、建築，野鶴先生同樣記憶猶新：

過山之北，為明空（開？）所建之禪林在焉。鐘聲時發，樵歌互唱，日落嵐光，煙靄出沒。嶺上眺東海如鏡，五朵九仙如芙蓉歷歷在半天雲。山四圍無鄰，重崖複嶺，深可十里外，方出別徑。故十年山居，清樂自足，安知桃源忽為晉魏！

讀罷上述引文，一座規模雖不大，但設施齊全，花木蓊鬱的山間別墅，清晰地出現在我們眼前。難怪丁耀亢要把這故園視為怡情悅性的世外桃源了。

這是丁家人自己的陳述，黑紙白字，沒有任何懷疑的餘地。丁家在蘭陵峪有一座故宅，名字叫峪園，是再扎實不過的事！

四

有的朋友也許會問，丁惟寧是個極其簡樸的人，辭官後，親自種韭菜補貼家用。平時「服浣布衣」，不尚奢華。長子耀斗趁返修舊居之機，將房子改大了一些，棟柱都架好了，他嚴令拆掉，恢復原樣。一個如此節儉的人，怎麼會在咫尺之間，建兩處別墅呢？

請看，〈柱史丁公石祠記〉有這樣的刻文：

公亭亭有物外之致，平居課兒外……與客嘯詠往來於墅中。及得此山大樂，凡旬日一至，至輒留。晝息樹下，夜宿草廬。扶杖逍遙於煙水之間……伯子逆探公意，因伐木作室。

這說明，是先有了與客嘯詠的「墅中」，然後才能「得此山大樂」（「此山」是指前山）。這裏的「墅中」指的就是峪園。這證明，先有了峪園，後有九仙別墅。不然，做不到「旬日一至」。試想一位「扶杖」老翁，要從諸城城裏進士第，十天左右來一次九仙山，當年沒有「寶馬」、「奔馳」之利，那是絕對做不到的。而峪園距前山，不過區區二里之遙，正是老年人扶杖散步的距離。從記載看，丁惟寧老人，並不是走一走就算，而是「晝息樹下，夜宿草廬」。因此，可以斷定，丁耀斗「逆探公意」，給老子建築全石結構的祠堂及牌坊之前，先「伐木作室」給老子建了一座九仙別墅（「草廬」）。丁耀亢幼年，之所以能「從師偕弟，讀書石室之側」，便是先有別墅，後有祠堂的又一鐵證。並不是像有人說的，是拆了別墅蓋的祠堂。它們先後同時存在。

至於說到花銷，石祠花費之巨，非區區峪園可比。比之王沛恂買下靴谷，呂一奏買下洗耳曲澗，同樣是小巫見大巫。何況，花費再多，也是大進士兒子的俸祿錢。從為給牌坊親筆題額書寫楹聯看，丁惟寧是欣然接受了兒子的耿耿孝心的。

或問：峪園跟九仙別墅是否就是一處建築呢？不然，如此優美的別業，為什麼消失得無影無蹤呢？回答同樣是否定的。

第一，九仙之陽，沒有「兩山夾峙」形成的「峪」；

第二，山前的溪流不是來自西南，而是來自西北，也不是「繞山而北，滙為曲潭」，而是掉頭東南潺湲而去；

第三，峪園在耀亢著文時，已經化為「蓬蒿瓦礫」。而在丁公祠旁的九仙別墅，估計仍然完在，因為要有人住在那裏看祠堂。這證明，峪園與九仙別墅絕對是兩處建築。

那，「峪園」為何不見蹤影了呢？回答是：

丁耀斗在白鶴樓下為老子建了一處九仙別墅後，丁惟寧隨著年齡的增長，攀登困難，便很少去峪園了，連學塾和妻孥也遷到了山前。老夫子作古後，繼室田氏攜耀亢、耀心兄弟，還在這裏待了很長一段時間。丁耀亢成年後，嫌九仙路遠，便在橡櫝溝另行購地建了別墅，時間是順治乙酉（一六四五）年。「東兵」血洗諸城時，丁耀斗負傷，他的二弟、侄子在守城時戰死，丁家迭遭變故，從此再也沒有人理會峪園，自然漸漸荒廢。由於丁公祠是祖宗祠堂，必須歷代派人住守，不僅房舍宛在，而且繁衍成了一個村莊。我們在蘭陵峪裏發現了諸多文人遺跡，但除了「洗耳」兩個大字，其餘廬墅均不見蹤跡，與「峪園」一樣，同樣是時代風雨摧殘滌蕩的結果。

難怪，丁耀亢憶及故園，充滿了滄桑感：

計甲子至今三十年。松可數千株，竹已數畝，銀杏、胡桃、山栗每年食不勝用。唯桃李梅杏漸老，因出山十年無新種者。栢檜成圍，陰森塞徑矣。或後之化為蓬蒿瓦礫不可知，姑記之以代臨遊。

嗟嗟！平泉、金谷、蘭亭、輞川尚不能久，況於一丘何有哉？

寫〈峪園記〉的時候，丁耀亢已經三十多年沒到過現場了。晚年的丁野鶴，只能以回憶代替親臨遊歷，峪園也許已經化為蓬蒿瓦礫，焉能不發出滄海桑田的喟歎？

五

〈峪園記〉提供的線索，準確無誤地證明，蘭陵笑笑生把自己的「籍貫」寫為「蘭陵」，不是原先所推斷的，僅僅是鍾情流連，而是在蘭陵峪造過一處不錯的故宅，住過一段不短的時間。《金瓶梅》是一部百回大書，寫作時間漫長，書中的某一部分，肯定就是在峪園完成的。因此，丁惟寧將「餘園」所在地作為「籍貫」，更是順理成章的事。

在蘭陵峪裏為笑笑生準確無誤地找到了故園，不能不說是一件令人萬分鼓舞的大喜事！為了驗證這個新發現，十天前，我邀張西洪、房學經兩位文友，驅車到蘭陵峪再次查勘。兩人仔細觀察對照後，不約而同，發出驚喜的呼喊：「地理位置分毫不差，當年的『峪園』，就在胡林村所在地！」

歸來興奮不已，一首小詩浮上心頭，作為本文的結束，並博讀者諸公以哂：

時賢只識杜鵑紅，山翁扶杖覓疑蹤。
野鶴銜來桃源圖，十載終醒蘭陵夢。

二〇一〇年六月十日　夜草於煙雨澗不厭廬

東武蘭陵峪有座「流杯亭」

——關於流杯亭的再探討

發表於《黃海晨刊》的拙文〈發現蘭陵〉提出，在九仙山蘭陵峪南側的溪流邊，有一座呈八角形的亭子。鄉民俗稱「八角亭」。四周花木繁茂，修竹環繞，來自谷底的清泉，從亭旁潺湲流過。當即認為這個「八角亭」，乃是當年蘇東坡建築的「流杯亭」。文章發表後，有的學者提出了異議，認為斷定蘭陵峪的八角亭就是蘇東坡所建的流杯亭，根據不足，正與至今我們也沒有找到「蘭陵笑笑生就是丁惟寧」的歷史記載一樣，到現在為止，我們也沒有找到「蘇東坡在九仙山建過流杯亭」記載。鄙人之所以認為蘭陵峪有座蘇東坡建的流杯亭，同樣依靠的是一系列旁證所做出的推斷。

諸多事實證明，蘭陵峪確是有座建於宋代的流杯亭。根據是：

第一，流杯亭是建在山環水繞、竹樹陰翳的形勝之地。蘭陵峪正是一處奇絕優雅、可以激發詩人靈感的形勝之地。而要建流杯亭，必須一個前提條件——自流水。位於蘭陵峪的八角亭，緊傍山溪，來自西北山谷的清泉（即明人呂一奏建洗耳泉的地方）潺潺而來，常年不涸。不須提升，就能自動流入亭內。稍加修整，便能建成「流杯」的「曲水」——一條約半尺深寬、蜿蜒曲折的水槽環繞停畔。牛角杯內斟滿醇醪，放到曲水上游，酒杯隨水流緩緩而來，便是充滿風流雅趣的「曲水流觴」。

第二，流杯亭的用途，乃是名流雅集，飲酒賦詩，或上巳日集會，行祓禊之禮。參加雅集的人數不是區區幾人。當年王羲之在蘭亭集會，有四十一人出席。安徽滁州建有「流觴曲水」的醉翁亭，同樣很寬敞，筆者粗略目測過，足可坐下幾十人。密州人傑地靈，才子薈萃，地方小了是活動不開的。如果不是為了「流杯」聚會，絕對不需建一座如此寬敞的「八角亭」。蘭陵峪的八角亭後來改成學塾，而且培養出多名舉人進士。大約從清代起，八角亭四周被壘上牆壁，安上窗戶，成了一座俗稱的「轉角屋」，辦起一處頗有水平的私塾。從此，抑揚頓挫的詩人嘯嗷，換成了學子們的朗朗讀書聲。八角亭能改成學屋，足見面積不小。試想，除了眾多詩友聚會，焉用如此寬敞的亭子？證明當初的確是為「流杯」雅集而建。清人張雯在〈送邱子石歸隱匡山〉（匡山位於蘭陵峪）詩中寫到：「……招飲不期遇王子，廬結匡山槲葉秋。鴻蒙亭子瀑雪冷，月滿傾壺消夜水。」短短數語，至少透露出兩個信息：邱子石晚年在蘭陵峪隱居過，

「鴻蒙亭子」則說明混沌初辟的學塾是一座亭子改建的。

第三，蘭陵峪迤南的丁公石祠內，刻有一首明人王華瞻的〈過丁公石室〉詩：「白石堂初構，恍疑是玉堂。層巒舒望眼，曲澗引流觴。勝地來諸彥，良辰對眾芳。蘭亭稱具美，還遜此風光。」詩的首聯是歌頌丁公石祠。頷聯的「曲澗引流觴」，清楚地說明，這裏不僅建有流觴的「曲澗」，而且有「諸彥」來此勝地「引流觴」。尾聯則說這裏風光之美，蘭亭望塵莫及。這應該是蘭陵峪有一座流杯亭的確證。

第四，八角亭南面，原先有一小亭。流杯亭建築的年代可以毫無疑惑地確認為宋代。分明是聚會者酒醺興濃時放目的所在。那座小亭的遺址上，如今已長出了粗大的板栗樹。胡林村古稀老人鮑洪弟告訴我說，他少年時代曾到亭子的遺址上撿拾破磚頭壘雞窩。前年夏天來此考察時，同行的孫君，從古亭遺址撿拾到幾片斷磚殘瓦，回去立即找專家鑒定。結論是：「至少是宋代的產品」。這充分證明，亭子的年代，不會晚於北宋。

這就是蘭陵峪流杯亭乃是坡公所建的推斷依據。可能有的朋友會說，我們不否認蘭陵峪有一座流杯亭，但，怎麼能證明就是蘇東坡所建呢？筆者的根據是：

第一，坡公在一闋〈滿江紅〉詞中點明，「東武流杯亭」是在密州南禪小寺中，是借扶淇河水權作「流觴曲水」的。三月是旱季，要讓平原上的河水流入寺內，不提昇難以做到。筆者認為那不過是權宜之計。東坡一踏上密州土地，不僅百廢待興，而且遭遇特大蝗災。他立即投入繁忙的治蝗中，災情剛剛得到控制，三月上旬已到，就是財力允許，他也來不及建一座流杯亭。而修禊祓災，與民同樂，又必不可少，只能降格以求，借區區小寺聚會。此後，他便尋覓佳地另建流杯亭。

第二，大才子、大文豪蘇東坡，還被大作家林語堂譽為「大建築家」。他每到一地，除了善政迭出，還有出色的建設成就。任徐州太守時，戰勝黃河水患，立即建了一座黃樓，一資紀念，二利觀瞻。任杭州太守時，疏浚西湖，建造蘇堤，改善了西湖的飲水條件和景觀。來密州短短兩年間，即建成了超然台、玉山堂、蓋公堂、常山雩泉亭、快哉亭等等。蘇東坡不僅到過浙江的蘭亭和安徽滁州的醉翁亭，而且親自為歐陽修的〈醉翁亭記〉書寫鐫碑。十五年前，筆者在滁州醉翁亭下，親眼目睹過蘇公筆力剛勁雄渾的書法。滁州醉翁亭寬敞軒昂，流杯的「曲水」至今宛在。對兩處名亭加以效法，選擇佳地另建一座流杯亭，對一個有「建築癖」的大詩人來說，是再自然不過的事。

第三，蘇東坡當年自密州來九仙山遊歷考察，首先要路過蘭陵峪。當他發現與「蘭亭」一字之差的蘭陵，不但山泉奔湧，有著流杯極佳條件，不須提升，便可流入亭內。而周圍風光之美麗幽雅，比之王羲之會友祓禊的蘭亭，歐陽修開懷暢飲、酩酊大醉的醉翁亭，有過之而無不及。於是，決定在此建一座新的流杯亭。因為，環境優美，有著曲水流觴的條件，並有著寬敞的場所，才是作為建流杯亭的先決條件。而在蘭陵峪建一座寬敞的「八角流杯亭」，理應是他的最佳選擇。

第四，九仙山丁公祠西側的高崖上，有古代亭榭遺跡，石崖東側有東坡親筆題字：「白鶴樓」，下署「蘇軾熙寧九年九月」。筆者認為，這「白鶴樓」，就是建於此時。就像武漢政府倡導重修的黃鶴樓，完工時便懸上了當時任中國書法家協會主席的舒同題寫的「黃鶴樓」三個大字。按照常規，題名應在建築竣工的同時。因此，我們完全可以斷定，蘇太守既是建白鶴樓的倡導者，也是題名的大筆。一身二任。除此之外，很難有別的解釋。

第五，筆者甚至認為，白鶴樓和流杯亭這兩大建築，同時完成於熙寧九年，而那正是蘇東坡任密州太守的第二年。蘇東坡不僅盛讚九仙山「奇秀不減雁蕩」，而且驚呼「九仙今已壓京東」。對於如此鍾情的靈山秀水，流杯亭和白鶴樓的建設，恐怕非坡公莫屬。此外，我們找不到宋代密州還有比東坡先生更風流倜儻、詩情磅礴，更愛好在形勝之地大搞紀念性建築的地方官吏。

凡此種種，便是筆者推斷蘭陵峪有座流杯亭，而且是坡公所建的根據。之所以不揣譾陋再次提出來，無非是拋磚引玉，希望得到行家們的指正，並進行更加深入的探討，最終將蘭陵峪流杯亭之謎徹底破解。

二〇〇九年二月

揭祕九仙山白鶴樓

看到本題目，有的讀者會說，只知道有座黃鶴樓，沒聽說中國有個「白鶴樓」呀，它在哪裡呢？

與滕王閣、岳陽摟一起，被譽為江南三大名樓的黃鶴樓，坐落在武昌龜山之巔，世人盡知。三十年前重建後，更是凌雲摩日，勢平北斗，名聲遠播。白鶴樓卻因命運多舛，至今沒沒無聞。難怪讀者會發出上面的疑問。

在「奇秀不減雁蕩」的山東五蓮縣九仙山之陽，丁家樓子村西的山崖上，有一塊長方形平整的磐石，長約兩丈，寬約一丈餘。當年，這上面就矗立著一座潔白的玉樓，那就是本文所說的白鶴樓。巨石的東側，豎刻「白鶴樓」三個楷體字。長寬四十釐米，上款已剝蝕，下書「熙寧九年（一〇七六）九月……」這正是蘇東坡任密州太守期間。巨石南向，有明代萬曆乙巳科進士、誥敕房中書舍人丁耀斗摹寫的「白鶴樓」三字。上款為：「宋熙寧九年，蘇軾書于石東」，落款為：「明萬曆四十年丁耀斗摹此」。

說起白鶴樓的來歷，有一個美麗的傳說。當初，在後來作樓基的巨石上，常有白鶴停留。每當仲春季節，晴嵐與白雲相伴，白鶴自天而降，引頸長鳴，翩躚起舞，久久不肯離去。鄉民便稱這塊巨石為「白鶴石」。蘇東坡知密州時，探奇訪勝到了這裏，聽到這個傳說，見三面險峰環繞，前方視線開闊，景色佳絕。端的是登臨騁懷的好地方，便決定在白鶴頻來的地方建一座「白鶴樓」。不料，簷角高展的樓臺剛剛建起，大詩人便被派遣去了河中府，離白鶴樓而去。

東坡費盡心血修建的玉樓，一時聞名四方，瞻仰登臨者不知凡幾。歲月滄桑，事移物換，後來，只剩下它立足的那方巨石，寂寞地面對春花秋月，疾風急雲。難怪，至今仍然有人懷疑白鶴樓的存在。說什麼，當初蘇東坡題寫了樓名，由於官密州不到兩年即匆匆調離，並沒有來得及建樓，充其量只留下一個可供回憶的樓名而已。

大量的事實證明，此說缺乏根據。理由於下：

第一，按照常理，一個建築物要在完工之後，方才請名家題名刻匾。說蘇太守題額是在建樓之前，不近情理。

第二，如果只有題名，而沒有建築，大進士丁耀斗也不會去「摹寫」樓名。即使摹寫了，也沒有必要在光禿禿的石崖上，把自己的「摹寫」鄭重勒石，與東坡的手跡並肩而立，那不是附庸風雅過頭了嗎？顯然，丁耀斗的「摹寫」，不僅證明有樓在，而且另有深意。這一點後面還要談到。

第三，如果當初沒有建樓，巨石上方南側，怎麼會有孔徑約五公分、等距離一線整齊排列的九個人工鑿孔呢？很明顯，那是安放鐵欄杆、憑欄遠眺的地方。不建樓，安欄杆幹什麼？在巨石的西側，還有兩蹬完整的石階。如上面沒有樓，要石階幹什麼？

第四，在白鶴樓作基礎的巨石南側，丁耀斗題額的右下方，有一個人工鑿出的長方形凹槽，長約六十釐米，寬約四十釐米，深約十多釐米。顯然，這裏鑲嵌過一塊石碑。上面題寫的文字，有兩種可能：蘇東坡題寫的建樓始末，或者是丁耀斗寫下的，記載父親丁惟寧與白鶴樓淵源的詩詞或文字。由於是名家題詞，加之石料精美，後來被人剜走。據當地老人講，丁公石祠前本來還有立著的石碑，被軍閥張步雲的一個參謀偷走了。不知這快碑的被竊，是否也是那個聰明的參謀幹的？有如此珍貴的碑文鑲嵌在這裏，進一步證明，當初確有名樓在。

第五，僅在明代，就有不止一位文人，對白鶴樓進行過題詠或「登臨」。這裏僅舉三例：

題白鶴樓

四圍山色碧嶙峋，樹外平疇萬綠勻。塵尾一揮雲散盡，此身已覺近星辰。
興來不惜醉如泥，笑把仙人鐵笛吹。我說是仙君XX，XX海上覓如歸。

邑人王化貞書

這首詩，就刻在「白鶴樓」遺址北側的巨石上。詩的尾聯剝蝕嚴重，筆者幾次用望遠鏡反覆揣摩，好不容易看清了幾個字，意思卻無法連貫。但，僅是前三聯已足可證明，這是詩人登臨時的現場觀感。首聯是站在白鶴樓上看到的景色：西周碧綠的山峰高聳入雲，蒼蔥的樹叢與平緩的田野相連。後面是發抒感慨：我把手中的拂塵一揮，頭頂的雲彩全部散去，感到自己的身體，彷彿與高天連到了一起。興致來了，就喝他個爛醉如泥，吹著山人的鐵笛仰天大笑，覺得自己已經成了神仙。君如不信，試看我到海上去尋覓飛龍。

明代詩人王承籙有一首留世的詩，〈雨後登白鶴樓〉：

嵐結千峰霽，秋疏萬木空。龍腥山雨後，蜃氣海雲中。
倚劍岩高峙，奔雷壑底通。鶴樓迴自出，吟嘯天下風。

前六句是描繪雨後樓閣的山景，尾聯卻是寫高樓凌雲摩空的勝狀。沒有高樓，哪來的「迴自出」？沒有高樓，詩人用不著剛下過雨，就去攀高崖，踏爛泥，爬一塊光禿禿的大石頭！

明代詩人王開基，還留下一首〈留別白鶴樓〉：

疏林黃葉澹斜暉，一夜西風促客歸。流水自隨出山去，閑雲不肯過溪飛。
藤思繫馬橫拖徑，石解留人暗掛衣。無數峰巒齊拱揖，回頭哪得不依依！

秋風掃黃葉，遊子要歸去了。藤思繫馬，石解留人，流水閑雲，黯然神傷。尤其那群峰「拱揖」的白鶴樓，更讓詩人一步一回頭，依依難捨。

足見，如果沒有樓，詩人們會把蘇東坡寫下的三個字，當「樓」來「題」，來「登」，來「留別」嗎？顯然，在清代之前，白鶴樓不僅曾經赫然存在過，而且有著一段很風光的黃金時期。有額無樓論，可以休矣！

第六，懷疑論者可能還要問：如此美妙的一座「玉樓」，為什麼只見題刻，不見樓臺，難道它能不翼而飛了嗎？這話問得不無道理。

其實，白鶴樓的「失蹤」，不是遭到大自然的毀壞，就是人禍兵燹的摧殘。

九仙山處於地質斷裂帶，地層活動強烈，壓扭特徵明顯。歷史上發生過多次大地震。康熙七年（一六六八）那次特大地震，諸城城內的房子，除了縣衙門大部倒塌。丁耀斗的兄弟、隱居橡欖溝的丁耀亢，擔心仰止坊及父親的祠堂有損，震後急忙前去探看。崩塌的岩石竟將山路阻塞，無法到達丁家樓子。而且腳下轟鳴，餘震不斷。他只能在山頭露宿三天。當即寫下三首詩，記載那次「人民猿鶴化，城郭海桑餘」，罕見的大災難。詩的題目是：「自橡山入九仙，山崩塞路，峰石多裂，同諸僧露宿山頂。」其中第二首詩是這樣寫的：

石壁紛如剪，靈峰勢若翻。陽鳥藏黑海，陰火戰空原。
崖覆樓將墜，泉枯水亦渾。地車鳴未已，三徙度黃昏。

石壁粉碎，山峰翻倒，崖覆樓墜，泉枯水渾。地震之劇烈，毀壞之慘重，可謂驚心動魄！試想，建在險峰根部、孤零零一座石崖上的白鶴樓，哪裡經得起如此的震盪與衝擊？退一步講，白鶴樓不是毀在大地震，歷經千年，也難以完整保存。準確記載的「九仙山別墅」和蘭陵峪裏幾處文人別業，僅僅四百年，如今都無跡可尋，便是例證。

而在三百米外的丁公祠，之所以能夠巋然不動，是因為遠離山根，飛石砸不到，而且它通體是巨石建造，沒有一點木料，比之縣太爺的衙門堅固得多，故而逃過了那場浩劫。

第七，雄辯的事實證明，不僅白鶴樓曾經存在過，白鶴樓還與《金瓶梅》的作者、「蘭陵笑笑生」即丁惟寧有著密切的關係。

當初，嘉靖進士丁惟寧從諸城來九仙山為別業選址時。先從蘭陵峪進入，腳步踏遍了九仙山麓。之所以選定了後來的「丁家樓子」，與這裏優美的環境分不開，但最終讓他下定決心的，是有一座白鶴樓在。因為他自己就是一隻「朱頂雪衣」白鶴。於是，便把別業修建在離白鶴樓不足幾百步的迤東平地上。這絕不是輕率的猜測，而是有著眾多的根據：

一，《金瓶梅》第一百回，突兀地插入了兩句詩：「三降塵寰人不識，倏然飛過岱東峰。」什麼人「三降塵寰」？「岱東峰」具體在哪裡？密碼似的，給後人留下猜測的餘地。《續金瓶梅》第五十九回的結尾詩：「五百因循摩頂間，本無風浪已無山。如登彼岸隨潮轉，似遇長風跨鶴還。……」意思是，轉眼五百年，又乘長風跨鶴而來。不過，這「跨鶴還」的，又是哪個？該書第六十回開篇詩的結聯作了回答：「紫陽問道無餘答，止記前身鶴是丁。」這句詩含義十分明確：丁紫陽的「前身」，「鶴是丁」（惟寧）。同書六十二回，特地插入了一個丁令威「三次轉世」故事。第一次轉世為朱頂雪衣白鶴，第二次轉世為善於鍛鐵的匠人，自稱丁野鶴、紫陽道人。第三次轉世為明末東海人，名字與第二次相同。足見《續金瓶梅》的「三次轉世」與《金瓶梅》的「三降塵寰」是一回事；白鶴的名字是丁令威，丁令威的化身是白鶴，兩者也是一回事。魯迅據此得出了《續金瓶梅》的作者「紫陽道人」就是丁耀亢的準確結論。但前兩個「丁令威」是誰，魯迅沒有回答。經過筆者與幾位學者的進一步研究，終於判定，前兩個「丁令威」是丁耀亢的祖父丁純和父親丁惟寧。丁氏祖孫，就是三次轉世的「白鶴」丁令威。柱史丁公祠的碑刻上，有這樣的題詩：「仙人乘鶴五雲中，華表歸來息此宮。」（王化貞）「華表不歸丁令鶴，東武空說九仙嵐。」（喬師稷）「白鶴歸華表，青山作主人。」（唐文煥）石板刻字，昭然，燦然，無異鐵板釘釘！試問誰能推倒？

二，自古以來，文人雅士都有在風光優美的山林水涘隱居寫作的習慣。丁惟寧絕不會免俗。身為「白鶴」的「笑笑生」，選擇在白鶴樓下結廬，並常常在在此「引頸長鳴」，即揮毫寫作，乃是情理中事。據考證，奇書《金瓶梅》，最終就是在九仙別墅完成的。（詳見拙著《金瓶梅傳奇》）那個風光優美、環境寧靜的「白鶴樓」，必然也是他撰寫奇書的一處所在。當文思枯竭時，停筆四望，奇峰屏列，綠樹環合，清泉泠泠，碧野蔥蔥，疲勞頃刻消失，靈感不期而至。除非凜冽嚴冬，高處不勝寒，他絕不會放過近在咫尺、風景如此優美，如此引人入勝的白鶴樓，只待在九仙別墅中面壁創作。

三，丁耀亢在〈登超然台謁蘇文忠公有感〉詩中有句云：「我著瓶梅君詠檜，古今同謗愧先生。」他把自己創作的《續金瓶梅》看成是《金瓶梅》的一部分。而整體《金瓶梅》是「三代化鶴」的「丁令威」（丁氏祖孫三代）的心血結晶。這秘密，身為丁惟寧長子的丁耀斗自然熟知。他當然不希望丁家寫奇書的秘密永遠湮沒。因此，他不僅突發奇想，把秘密隱藏在丁公石祠及仰止坊上（另文詳細論述），為了揭示父親與白鶴樓的親密關係，又不惜冒著附庸風雅之嫌，臨摹了蘇老夫子的題額，並違反常規地在石壁上再摹刻一遍。

第八，最近，山東博大房地產公司張文恒總經理來五蓮考查，發現了一個頂蓋前探，宛如帽檐的石洞。老總山水情深，邀筆者去實地考察。在白鶴樓遺址西北百米處，隔溪有一石洞，乃是一方巨石覆蓋形成，寬可四米，深越六七米。足可供一二十人飲酒放歌。可貴的是，石洞頂上居然有豎體「樂山者壽」四個楷體字。兩邊的小字顯然是兩首詩。由於是墨寫，儘管是上好的松煙，又躲過日曬雨淋，但歷經四百餘年，已經很難辨認。只有南面那首詩的末尾落款：「弟耀亢醉歌」尚可辨認。證明丁耀亢曾經與文友們在此洞飲酒賦詩，並且酩酊大醉。不料，前天再一次去考察，又有新的發現。在石洞南面五六米處，一塊略顯渾圓的磐石底部，發現了「留月」兩個二十公分高的刻字。據資料考證，為坡公手筆。這說明，蘇東坡就曾在這裏飲酒賦詩，連夜盤桓過。當上弦月將要步下對面高峰時，老夫子興猶未盡，不由發出了月行何其匆促的感慨。於是，揮毫寫下「留月」兩個篆楷相參的大字，命人勒石留念。

六百年後，在同一個山洞，又來了丁耀亢。兩位大詩人一個喟歎月亮腳步匆匆，題字寄慼；一個唱罷「樂山者壽」，揮毫醉寫，真可謂詩心相通，惺惺相惜。不同的是，蘇學士的寄慼，是在白鶴樓未建成之前，丁野鶴的醉歌，卻是在白鶴樓已經化為烏有時。不然，他不會在此處醉吟。估計此時已經是他的晚年了。

惜乎，如此景色絕佳的幽洞，至今依然荒廢在那裏！如重建白鶴樓，並將這山洞取名「白鶴洞」，加以修葺；「留月」的石崖上，再建一座「留月亭」，不僅與白鶴樓珠聯璧合，還會成為一個讓遊人流連的絕佳景點。

行筆至此，不由冒出幾句詠白鶴樓的歪詩：

不是靈岫勝神功，哪來丹頂雪衣蹤？學士椽筆寫大字，笑生彩墨繪金瓶。
地車橫走千峰倒，石雨紛墜玉廈傾。何方慧眼識寶篋，春風樓上白鶴鳴。

己丑榴月於九仙山不厭廬

偉哉，柱史丁公祠！

在奇峰摩雲、被蘇東坡譽為「奇秀不減雁蕩」的五蓮縣九仙山之陽，有一座全石結構的建築——「柱史丁公祠」。乃是諸城進士丁耀斗於明代萬曆三十八年（一六〇八），為其父丁惟寧（一五四二—一六一一）建造的生祠。室三楹，全石結構。兩年後，又在祠前十米處建起了一座寬三米餘，高近六米的牌坊——仰止坊。石祠和牌坊全部取材九仙山花崗岩，歷時四載始建成。丁惟寧，字汝安，號少濱，明朝嘉靖進士，曾授清苑縣令，升四川道監察御史，巡按直隸，後授湖廣鄖襄兵備道副使。因遭誣陷，辭官歸里，隱居九仙山著書課子。歿後敕授文林郎，誥授中憲大夫。

上世紀六十年代，文革浩劫一降，石祠在劫難逃。村民聽說紅衛兵要來「破四舊」，連夜在祠堂的屋頂及牆上，寫上「毛主席萬歲」「共產黨萬歲」等革命口號。小將們氣勢洶洶而來，一看傻了眼，狂呼一通「打倒」、「橫掃」後，悵然離去。一九九二年六月，被山東省人民政府公佈為「山東省重點文物保護單位」。

當初，革命小將們只知祠堂是「萬惡」的「四舊」，殊不知，它的偉大價值，遠遠超出了石祠本身。感謝丁氏村民的機智，不然，一旦堅固的祠堂變成碎石塊，會像被盜空的古墓一樣，隱藏其中的秘密徹底消失。所造成的損失，永遠不可彌補！

在古代，有給澤被一方的賢臣，或有功社稷的良將建生祠的傳統，但給長輩建生祠的並不多見。丁耀斗為父親建生祠，不僅是盡孝，而且有著深刻的含義。祠堂建成兩年後，再增建一座牌坊，其寓意更為明顯。

那麼，丁公祠和牌坊究竟隱藏著什麼含義和秘密呢？

經過有關專家十多年的潛心研究，秘密已經先後被揭開：

第一，「蘭陵笑笑生」究竟是誰？這是困擾世界學術界的巨大難題。《金瓶梅》第一百回有兩句詩：「三降塵寰人不識，倏然飛過岱東峰。」「三降塵寰」是什麼意思？「岱東峰」又是指的哪裡？像讖語一般，使人迷惘不解。在《續金瓶梅》的第六十二回，有一個根據《搜神後記》東漢丁令威的故事虛構的「三次」轉世故事。遼東鶴野縣華表莊，有位神仙丁令威，學道歸來，化成丹頂雪衣白鶴。五百年後，在南宋臨安有一鍛鐵匠人，自稱丁野鶴、紫陽道人。到了明末，東海又出了一個自稱紫陽道人的丁野鶴。魯迅先生在《中國小說史略》中，闡明最後一個「丁野鶴」，是《續金瓶梅》的作者丁耀亢。經考證，前兩個「丁野鶴」，乃是他的祖父丁純和父親丁惟寧。丁純立下寫書的意願，並寫出部分書稿，因年老停筆，兒子丁惟寧完成了全書。丁耀亢在父親「遺書」的基礎上，作了訂正補充，又創作了一部《續金瓶梅》，為家傳遺書辯誣。並在兩書末尾，加上了「三降塵寰」詩和「三代轉世」故事。目的是將家傳奇書作者的秘密，隱藏其中，以免堙沒。然後，親到姑蘇將奇書鐫版印刷問世。

對此，石祠碑刻上留有確鑿的記載：「仙人乘鶴五雲中，華表歸來息此宮。」（王化貞）「令威翩翩一柱史，早薄榮名謝天子。」（長洲徐升）「華表不歸丁令鶴，東武空說九仙岩。」（海上喬師稷）眾口一詞：華表莊的神仙丁令威，就落足在「九仙岩」的「此宮」。這是「蘭陵笑笑生」，就是丁氏祖孫的確證。近代眾多學者同樣異口同聲：丁公祠和仰止坊，是當今中國乃至全世界、惟一與《金瓶梅》有著直接聯繫的歷史鐵證。

第二，蘭陵笑笑生的「籍貫」——蘭陵，又在哪裡呢？這個疑問，六年前已被學者破解。在丁公祠背後，有一條兩山夾峙的深峪，（現胡林村所在地）當年就稱「蘭陵峪」。今年六月，丁家在蘭陵峪的故居，又被一位號稱「醉山翁」的學究找到。證據是丁耀亢的回憶文章。他在一篇《峪園記》中，詳細記載了蘭陵峪故居的位置、環境、面積、格局以及園圃等。證據鑿鑿，毋庸置疑。

第三，《金瓶梅》是中國第一部偉大的現實主義小說，對後世影響巨大。從《紅樓夢》、

《聊齋志異》、《儒林外史》等傑作中，都可覓到師法的痕跡。明代著名文學家馮夢龍將它與《三國演義》、《西遊記》、《水滸傳》，並列為「四大奇書」。清初著名文學家張竹坡更把它譽為「第一奇書」。美國學者梅托兒更是讚美有加：「《金瓶梅》和《紅樓夢》兩書，描寫範圍之廣，情節之複雜，人物刻畫之細緻入微，均可與西方最偉大的小說媲美！」

對於奇書的價值，石祠碑刻上，同樣充滿讚美之詞：

「君家不朽業，今古復誰論？」（唐文煥）
「東望五蓮西九仙，鼎峙並成三不朽。」（張廷策）
「海山來相會，舉目盡文章。」（唐文煥）
「神遊東海畔，羨爾舞斑斕。」（薛明益）
「一榻閑相對，無人識謫仙。」（王化貞）

丁惟寧雖然是進士出身，官至監察御史，進了朝堂，也只能站在殿「柱下」伺候，那算不得是「不朽業」，更不能與兩座名山並峙，成為「三不朽」。顯然，這是在謳歌第一奇書《金瓶梅》。不然，哪來的「舉目盡文章」，「羨爾舞斑斕」？祠主人更成不了與李白並肩享譽的「謫仙」。石祠匾額把祠主人比作「羲黃（皇）上人」，可謂頌揚到了極致。

不僅世人推崇，文友謳歌，丁惟寧親筆題寫的「仰止坊」匾額和楹聯，也深蘊著得意與憂慮。試想，在古代牌坊中，仰止坊體積比較矮小，哪來的「仰止」之勢？他是在歌頌三代心血凝成的警世傑作。牌坊後面的「山高水長」，也不純是謳歌山水，而是暗寓奇書是高峰，是長水，定會源遠流長，傳世不朽。

第四，石祠蘊藏著大量文字獄的信息。傳世傑作《金瓶梅》一問世，就遭到統治者的無情摧殘。祠堂迎面偏左，一塊石碑右半邊的文字被磨掉了。為什麼別的碑文宛在，單單磨去了這半塊？被磨去的文字又是什麼內容呢？四百年來，疑問重重，無人能找到答案。去年盛夏，那位執著探索的老人，一連許多天，鑽進石祠，窮究細摩，終於覓到蛛絲馬跡，破解了深藏的「密碼」。原來，被磨去的詩文，就是喬師稷的「華表不歸丁令鶴，東武空說九仙岩」，王化貞的「仙人乘鶴五雲中，華表歸來息此宮。」以及徐升「令威翩翩一柱史，早薄榮名謝天子」。

因為，這些文字透露了「華表莊」「丁令威」，落足「九仙岩」的秘密。朝廷一旦偵知，丁家祖孫是「淫書」的作者，殺身之禍頃刻而降。丁耀亢聽到風聲，慌忙將部分最露骨的文字磨去，以求避禍。父親和祖父已經作古，總算逃過一劫。他這個寫《續書》的，卻是在劫難逃。不僅被抓進京城，進了刑部大牢，奇書的印版也被一火焚之。多虧眾朋友的拯救，使他活著走出詔獄。一回到家鄉，他便把磨去的詩文重新刻出，鑲嵌到石祠的西牆上。為了抗議文化摧殘，丁耀亢故意對磨損的碑文不作修補，讓鉗口者的罪證，長留人間。

其實，丁惟寧在白鶴樓旁的九仙山別墅完成奇書時，就擔心會遭到封殺甚至人身摧殘。他為牌坊題寫的楹聯：「一觴一詠暢百年之逸興，勿伐勿剪綿千載之遐思。」上聯是說，自己飲酒歌詠（著書），乃是發抒人生的觀察感受；下聯則是警告統治者，對反映真實社會人生的《金瓶梅》，網開一面，不要進行摧殘剪伐，讓「千載遐思」綿延。不幸，謝世不久，剪伐便開始了。「著書招謗真勘笑，歸去還擬做解嘲」；「招謗承恩開詔獄，焚書封禁遍神州」；「焚書逸興盡，解網聖恩優。」受到過文字獄劇烈摧殘的丁耀亢，一再吐露「著書招謗」的憤慨。可是，一旦解下鐐銬，便呼「聖恩優」！足見思想的打壓和鉗制，到了何等嚴酷的地步。

歷經四百年風雨兵燹、人禍浩劫，丁公祠和仰止坊至今基本完好。它不僅是建築史上的奇蹟，書法藝術的寶庫，給後人留下了諸多歷史回憶，更是一座庋藏文化史秘密的檔案室。沒有巍然屹立的丁公祠，仰首雲天的仰止坊，有關《金瓶梅》的密碼和慘痛故事，到哪裡追尋去？使全球金學研究者迷惘的「蘭陵笑笑生」身份，也將成為永遠無法破解的千古之謎！丁公祠的價值絕不止是一座小小的古代建築，它的貢獻輝耀史冊，千秋永駐！

偉哉仰止坊，偉哉丁公祠！

二〇一〇年六月三十日　草於酷暑中

後記

《揭祕金瓶梅》終於付梓問世，作為作者，自然是十分高興的事。

鄙人雖然十五歲就與《金瓶梅》結緣——讀了一部分，真正投入研究，是在花甲之年。而有所收穫，並形諸文字，更是古稀之年以後的事。在此之前，主攻外國文學教學與長篇小說創作。之所以轉道移轍，投入「蘭陵笑笑生」的研究，乃是機遇所致。我隱居創作的山東五蓮縣九仙山陰草舍，恰好就在丁公祠旁。二〇〇〇年，第四屆國際《金瓶梅》學術研討會，就因為有了丁惟寧說，而在五蓮縣召開。我不是與會者，但聽說有關「蘭陵笑笑生」是否就是丁惟寧的爭吵，十分激烈。這說明，新學說雖然已經出現，並有專著出版，仍然缺乏讓眾家噤聲的充分說服力。作為五蓮山的迷戀者，又是《金瓶梅》的熱愛者，自認為有義務，為釐定「蘭陵笑笑生」的身份略盡微末之力。力爭弄清楚，到底是「丁惟寧說」可信，還是「三代化鶴說」更準確？於是，撥冗推繁，全力投入。扶杖傴僂登山，數載長夜孤燈。汗水透衣，眼睛敖紅，並無悔意。

有人會說，你這是搶奪他人的成果，摭拾別人的牙慧！我卻認為是在做一次接力賽跑。也是為徹底揭開文學史之謎，為了科學和真理而不惜耗費精力。就像有人發現了某地有礦脈，但沒有去深入開採。為了探明那裏是否真有礦藏，筆者也去挖掘一番。隨之研究的深入，竟然得到了豐厚的收穫。憑藉「樓臺近水」之利，盤桓丁公祠，踏勘九仙山，查閱各種資料，積十年之功，終有所獲。不僅考定《金瓶梅》的作者「蘭陵笑笑生」就是丁氏祖孫；奇書曾遭到文字獄殘酷摧折等疑案和密碼，也在柱史丁公祠一一找到了確證。而且找到了他們的「籍貫」。原來蘭陵就在匡山腳下。丁家的故居「峪園」，也在蘭陵峪發現。另外，與奇書創作有密切關係的九仙山白鶴樓、蘭陵流杯亭等，也有著新的發現和判斷。先後寫出十多篇研究文章，在北京《光明日報》及海內外發表。承蒙北京《神州》期刊不棄，粗中選精，連續六期系列刊出，不僅對《金瓶梅》作者之爭，向海內外提供了一系列有力的佐證，也是對全國各地爭名人的歪風一記響亮地回擊。

但有的報刊稱鄙人是「金學家」，實在不敢當。本人不過是一個不吝惜汗水，辛勤挖掘，並獲得了幾車有價值「礦石」的探索者，充其量是個半路出家的金學研究者，如此而已。

本集有關文章，此前分別在有關報刊上發表過。此次結集，只是從中選出一部分。雖然作了刪削和訂正，但由於當初發表時，側重點不同，個別地方難免仍有重複引用的文字。作為零散文章的結集，恐怕是難以避免的。至於持不同觀點者有異議甚而詰難，本人願意繼續與之探討。

趁文集出版之際，向支持關懷鄙人研究創作的高昂、鞠明廉、張西洪、房學經、臧運河、孫錫榮、鄭元吉、周建生、李宗亮、徐敏宗、老泉、王玉玲、崔兆魁、何德文等友好，再次表示衷心的謝忱。最後，還要向關注本人研究的縣委縣府各位領導，以及積極支持本書出版的五蓮山風管委負責同志，致以衷心的感謝，沒有他們的大力支持，本文集不會這麼快就問世。

二〇一一年八月三十日於乳山銀灘

附錄一　丁惟寧傳及行述

一　丁惟寧傳

丁惟寧，字汝安，其先人由海州遷居縣之藏馬山下。父純，字質夫，歲貢，授鉅鹿訓導，升長垣教諭。砥行端方，通世務，兩縣士彥皆敬重之。歸，與鄉人結「九老會」。惟甯，嘉靖四十四年進士，授清苑知縣，遇事敏練，無留牘。縣附保定府，舊宿重兵多驕蹇難訓。惟甯以禮其帥，帥戢徒。五爾謹舉，治行第一。以內艱歸，服除補長治。長治人善織，令此者例計日受一縑。惟寧革之，更請蠲織室之供上官者，以蘇商困。行取四川道監察御史，侍經筵，巡按直隸。白蓮獄株連千人，悉為寬釋。部中巨璫馮保倨甚，諷巡撫，表其閭，惟寧執不可。時張居正柄國，諸路使者多望風希旨。惟寧無所稟受，居正滋不悅，乃出為河南僉事。鞏縣苦河患，為規善地，移其城，民不稱擾。有私鑿礦於山者，邏卒持之，急乃作亂。惟甯以計擒首禍數人，餘傳示而解。丁外艱，萬曆七年起隴右兵備僉事，調江西參議，移疾歸。十四年，強起督餉陝西。無何，授鄖襄兵備副使。鄖襄廣袤數千里，宗藩岳祠多無名請乞。惟寧節裁過半。會鄖陽巡扶李材好講學，遣步卒供生徒役，又改參將公署為書院。參將米萬春諷門卒，大噪趨軍門，洶洶不解者二日。萬春脅材令上疏，歸罪惟甯及知府沈鈇等。材從之，劾惟寧激變。詔下吏議，貶惟寧三官。時十五年十一月也。旋補官鳳翔，不就，歸。年始逾四十。益掃軌暗，修築室，懸父母遺像，朝夕臨薦，無異居倚廬。時鄉人敬之。年六十九卒。

——乾隆《諸城縣誌·列傳三》

二　丁惟寧行述

（祖丁純）生三子，其仲為先大夫，諱惟寧，字靜養，號少濱。從學于邱簡肅月林先生，少穎悟，年弱冠舉於鄉。明嘉靖乙丑，捷南宮。初仕保定清苑令，以卓異薦授侍御史，巡畿北。風度嚴正，聲聞於朝。復巡歷長垣，謁聖畢，付明論堂講，不敢南向坐，以師席為友，講座不敢僭也，屬皆敬服。兩丁內外艱，服闋乃補台員。沮馮璫建坊，又素不取媚於江陵，因以年例遷泰州兵憲。萬曆十四年，再轉湖廣參政，以鄖陽兵變遂致仕。據《皇明法傳錄記》：先是，巡撫李材，大開講學，欲借鄖陽兵餉以充其實，又改參將署為書院。先大夫自襄陽署鄖印，不得已從之。參將激兵為變，鬥圍撫院。先大夫厲詞往諭之。兵環刃，幾不免。守備王鳴鶴，海州人，單騎往救，得出。材避走襄樊。是年，先大夫告病回籍。予幼孤，聞之長兄虹野（丁耀斗）及里中故老。

先大夫性剛直激烈，不避強禦，三任清要，每回籍圖書衣被而已，外無長物，不喜文繡珍玩。以御史丁艱旋里，縣令候終年一得一面。寡交遊，風度峭如，天性然也。屬吏解緡贖八百金至，大驚不受。吏云：「此按例公費，應受。否則，徒利後來者。」答曰：「吾辭官而受祿，將居何？資新任者，安置可也。」卒不受。西園種韭數十畦，每賣錢數百文自給。有友在座嘲曰：

「辭千金而求利於圃，得無味多寡乎？」答曰：「官銀非吾所有，圃蔬自食其力。」時人嘆服。

性好山水，遊九仙山樂之，遂卜築。鑿石為室，室上下皆石也。後鄉人立為祠。能詩，不苦吟，亦不存稿。弇州先生（王士貞）為清州兵憲，巡諸邑，觀兵海上，相與詠和，每為聽賞。西園賞花，有詩云：「松下歸來興，花前老去心。」喜鼓琴，臨水構亭，彈琴其上。有詩曰：「琴聲不合石當水，桂馥頻來岸是花。」又雪後登超然台，詩曰：「天畔峰巒隨霧失，城中煙樹似春回。」詩載邑乘，餘多散佚。

性節儉，服浣布衣，出入乘二輪巾車，命奚童挽之。治家甚嚴，燕坐對家人如公庭。亡父忌辰，必齋素白衣冠，終其身不變。生六子，長兄耀斗，諸兄弟分析無餘財。易簀時，獨輸五百金與官，倡議輸助築城之費。熔帶飾不足，假貸以完。故亢、心二子幼孤貧無所資。先世以樸素傳家，官終猶居草房，不蔽風雨。後起堂稍高，已架棟矣，遽命匠截柱而低之，曰：「無示子孫侈也」。元配封孺人紀氏，外祖膠州進士紀公女，適先大夫時為諸生，方苦貧，每夜讀，出釵易酒相對，紡績時相勞苦。祖庭訓嚴，冬夜未旦起，讀書無火，用冷水盥面。紀孺人以手沃水中，久乃進，求少溫也。賢苦多類此。後封孺人，不祿，竟乏嗣。先大夫每言之，為之泣下。吾母田氏，外祖黃縣人，以明經授日照司訓。乃繼配，生亢、心二人，未三十而孀。少而勤苦，今年七十餘，猶自紡績不衰，扶孤孫，城破幸全，皆陰德餘慶也。嗟嗟！

——丁耀亢〈述先德譜序〉

附錄二　〈峪園記〉

丁耀亢作

諸邑城南，多佳山水。去城五十里，山益深。回巒層折，為常山、馬耳餘峰，連亙不斷，至九仙而入海。茲山實門戶也。按：兩山夾谷曰「峪」。予園在兩山之間，土地開曠。有溪自西南來，繞山而北，滙為曲潭。方石高下，渟泓相注，懸崖淺渚，槲葉汀蒲，互相映發。每于春夏之交，白鳥黃鸝，千百出兩山雲霧間。

借山為垣，不別立園圃。沿溪以柏為牆，竹檜間之。兩山相去，橫可四百步，通計三十畝。因以為西麓作宅，而居宅之外皆園也。南為菜圃，鑿井調畦，菘韭之外，間植桃李，短牆護之。牆外植銀杏三十株，胡桃、山栗不拘數。使各為區，不相亂也。東有門，額曰：「日涉沼柏」。徑曲行入竹林，得屋三楹，左右各植芍藥、牡丹百餘本，雜花綴之。南出一小門，得長松二十六株，蟠如虬龍、軒楹，高敞可息，石几、石凳倚松而置，皆足嘯飲。東過溪，橫石半畝，凹折方棱，與崖石相倚。山花野蔦，雜垂入澗。兩崖出山數武。登山趾，植以松。修棧路而上，逶迤入小澗。兩崖叢生映山紅、杜鵑花有丈餘者。每三月攜酒賞之。

過山之北，為明空所建之禪林在焉。鐘聲時發，樵歌互唱，日落嵐光，煙靄出沒。嶺上眺東海如鏡，五朵九仙如芙蓉歷歷在半天雲。山四圍無鄰，重崖複嶺，深可十里外，方出別徑。凡童稚、牛羊、柴門、鵝鴨、實自為一區。故十年山居，清樂自足，安知桃源忽為晉魏！

計甲子至今三十年。松可數千株，竹已數畝，銀杏、胡桃、山栗每年食不勝用。唯桃李梅杏漸老，因出山十年無新種者。栢檜成圍，陰森塞徑矣。嗟嗟！平泉、金谷、蘭亭、輞川尚不能久，況於一丘何有哉？或後之化為蓬蒿瓦礫不可知，姑記之以代臨遊。

載《丁耀亢全集》（下）二七〇頁

附錄三　《金瓶梅》或為丁家祖孫三代心血[11]

中國古代奇書《金瓶梅》作者「蘭陵笑笑生」到底何許人也？李開先、屠隆、賈夢龍、賈三近、謝榛、湯顯祖、王稚登，後來的研究者相繼列出五十多人！

《金瓶梅》第一百回收尾處插入兩句詩

「三降塵寰人不識，倏然飛過岱東峰。」張清吉《〈金瓶梅〉奧秘探索》提出，在紫陽道人

11 原刊美國《僑報》，二〇〇五年六月二十九日；摘編自北京《光明日報》二〇〇五年六月二十日。

所著的《續金瓶梅》第六十二回臨近收尾處，也同樣插入了一個丁令威三次轉世的故事。

黃霖在〈《續金瓶梅》續書三種序〉中談到這個故事時寫道：「作者根據《搜神後記》中丁令威的故事和自己的切身遭際，虛構改編成一個三次轉世的故事，即一轉為朱頂雪衣白鶴；二轉為善於鍛鐵的匠人，自稱丁野鶴、紫陽道人；三轉為明末東海人，也自稱丁野鶴、紫陽道人。這段故事不但較為露骨地寄寓了作者的民族情緒，而且為研究作者提供了信息。魯迅先生首先在《中國小說史略》中據此解開了作者之謎，指出紫陽道人即是丁耀亢，此書當成於清初。」

然而，魯迅先生只是認定丁耀亢是後一個「紫陽道人」，即第三次轉世的「明末東海人」。卻把第一個、即三次轉世故事中核心的一個，那位善於鍛鐵的「紫陽道人」給忽略了。人們不禁要問，既然丁耀亢是後一個「紫陽道人」，那麼前一個「紫陽道人」和「朱頂雪衣」仙鶴，又是寓指何人？

筆者認為「三降塵世」指祖孫三代人

丁令威第一次轉世的「朱頂雪衣」仙鶴，乃是丁耀亢的祖父丁純，第二次轉世的是他的父親丁惟寧，他自己則是第三次轉世的丁野鶴。

其實，不僅丁耀亢在《續金瓶梅》中作了明確的暗示，更有古蹟佐證。山東五蓮有一座柱史丁公祠，柱史是中國古代對御史的別稱，祀主是曾經任過監察御史的丁惟寧。祠中碑刻，一再將祠主人比擬為「丁令威」，可見，那位善於鍛鐵的「紫陽道人」，正是丁惟寧。

為《金瓶梅》寫跋的「廿公」，在〈跋〉中寫道：「《金瓶梅傳》為世廟時一鉅公寓言，蓋有所刺也。」經丁其偉、金亮鵬考證，「廿公」就是丁惟寧的五子丁耀亢。丁純在嘉靖年間鄉試中式後，被授為直隸鉅鹿縣訓導。

明清時期，諸城一帶，有以先人在何地做過官，便以其地冠稱某公的習慣。這裏的「鉅公」，正是丁耀亢對其祖父丁純的尊稱。筆者認為，這透露出一個極其重要的信息《金瓶梅》乃是丁純動筆創作的。

進一步的證據是《續金瓶梅》中「南海愛日老人」的〈序〉。經考證，「愛日老人」是丁惟寧的孫子、丁耀亢的侄兒丁豸佳。

這位丁氏傳人直言不諱地寫道：「不善讀《金瓶梅》者，戒癡導癡，戒淫導淫。……紫陽道人以十善菩薩心，別三界苦輪海……何曾是小說家言也……天臺智師，性善兼明性惡，六祖、七祖，善惡都莫思量。相待義門，強明因果，證窮念絕，何果何因？善讀是書，檀郎只要聞聲；不善讀是書，反怪豐干饒舌爾。」

這篇〈序文〉不僅點明了《金瓶梅》是「紫陽道人」所作，而且進一步提到「天臺智師」，「六祖」、「七祖」。丁純是今膠南市天臺人，故稱其為天臺智師。而六祖、七祖，也絕非指佛門中的世代，而是指丁家的輩分。

《琅琊天臺丁氏家乘》記載，丁氏六世祖為丁純，七世祖是丁惟寧，八世祖則是丁耀亢。九世孫丁豸佳如此稱呼，符合晚輩的口氣。丁耀亢寫〈跋〉年方二十，故稱「廿公」。丁豸佳為《續金瓶梅》寫序時，已年近七旬，故自稱「老人」。

綜上可知，丁純是《金瓶梅》的始作俑者，他參照詞話本《挑簾裁衣》，構寫他的「寓言」，但沒有寫完。畢其功的則是他的兒子丁惟寧。他的孫子丁耀亢又作了個別的訂正補充，並親到姑蘇雇人鐫版印刷。因此，《金瓶梅》可以說是三代人的心血結晶，而主要撰寫人則是丁惟寧。

文學視界05 PG0768

揭祕金瓶梅

作　　者 / 房文齋
責任編輯 / 鄭伊庭
圖文排版 / 邱瀞誼
封面設計 / 陳佩蓉

發 行 人 / 宋政坤
法律顧問 / 毛國樑　律師
印製出版 / 秀威資訊科技股份有限公司
114台北市內湖區瑞光路76巷65號1樓
電話：+886-2-2796-3638　傳真：+886-2-2796-1377
http://www.showwe.com.tw
劃撥帳號 / 19563868　戶名：秀威資訊科技股份有限公司
讀者服務信箱：service@showwe.com.tw
展售門市 / 國家書店（松江門市）
104台北市中山區松江路209號1樓
電話：+886-2-2518-0207　傳真：+886-2-2518-0778
網路訂購 / 秀威網路書店：http://www.bodbooks.com.tw
國家網路書店：http://www.govbooks.com.tw
圖書經銷 / 紅螞蟻圖書有限公司
114台北市內湖區舊宗路二段121巷28、32號4樓
電話：+886-2-2795-3656　傳真：+886-2-2795-4100

2012年7月BOD一版
定價：300元

國家圖書館出版品預行編目

揭祕金瓶梅 / 房文齋著. -- 一版. -- 臺北市 : 秀威資訊科技,
2012. 07
面； 公分. -- (文學視界 ; PG0768)
BOD版
ISBN 978-986-221-966-9(平裝)

1. 金瓶梅 2. 研究考訂

857.48 101009179

讀者回函卡

感謝您購買本書，為提升服務品質，請填妥以下資料，將讀者回函卡直接寄回或傳真本公司，收到您的寶貴意見後，我們會收藏記錄及檢討，謝謝！
如您需要了解本公司最新出版書目、購書優惠或企劃活動，歡迎您上網查詢或下載相關資料：http:// www.showwe.com.tw

您購買的書名：________________________________

出生日期：________年________月________日

學歷：□高中（含）以下　□大專　□研究所（含）以上

職業：□製造業　□金融業　□資訊業　□軍警　□傳播業　□自由業
□服務業　□公務員　□教職　□學生　□家管　□其它_____

購書地點：□網路書店　□實體書店　□書展　□郵購　□贈閱　□其他

您從何得知本書的消息？
□網路書店　□實體書店　□網路搜尋　□電子報　□書訊　□雜誌
□傳播媒體　□親友推薦　□網站推薦　□部落格　□其他__________

您對本書的評價：（請填代號　1.非常滿意　2.滿意　3.尚可　4.再改進）
封面設計____　版面編排____　內容____　文／譯筆____　價格____

讀完書後您覺得：
□很有收穫　□有收穫　□收穫不多　□沒收穫

對我們的建議：________________________________

____

____

____

請貼
郵票

11466
台北市內湖區瑞光路 76 巷 65 號 1 樓
秀威資訊科技股份有限公司 收
BOD 數位出版事業部

（請沿線對折寄回，謝謝！）

姓　　名：＿＿＿＿＿＿＿＿　年齡：＿＿＿＿　性別：□女　□男

郵遞區號：□□□□□

地　　址：＿＿＿＿＿＿＿＿＿＿＿＿＿＿＿＿

聯絡電話：(日)＿＿＿＿＿＿＿＿　(夜)＿＿＿＿＿＿＿＿

E-mail：＿＿＿＿＿＿＿＿＿＿＿＿＿＿＿＿